고개를 끄덕이는 것만으로도 위로가 되니까

일러두기

이 책에서는 절판된 그림책도 소개하고 있습니다. 중고책 사이트를 살펴보면 절판된 도서를 구할 수 있는 경우가 종종 있습니다. 또한 가까운 도서관 검색을 통해서 해당 그림책을 읽어볼 수 있습니다. 구하지 못하는 경우라도 함께 보면 좋은 다른 책을 소개하고 있으니 같이 읽어보시면 좋겠습니다.

고개를 끄덕이는 것만으로도 위로가 되니까

: 열두 번의 계절이 지나는 동안 나를 키운 그림책 수업

초판 발행 2021년 6월 21일
2쇄 발행 2021년 7월 26일

지은이 문지애 / **펴낸이** 김태헌
총괄 임규근 / **책임편집** 권형숙 / **편집** 김희정, 윤채선 / **교정교열** 노진영
일러스트 정정혜(봉지) / **디자인** 어나더페이퍼
영업 문윤식, 조유미 / **마케팅** 박상용, 손희정, 박수미 / **제작** 박성우, 김정우

펴낸곳 한빛라이프 / **주소** 서울시 서대문구 연희로 2길 62
전화 02-336-7129 / **팩스** 02-325-6300
등록 2013년 11월 14일 제25100-2017-000059호 / **ISBN** 979-11-90846-20-2 03810
한빛라이프는 한빛미디어(주)의 실용 브랜드로 우리의 일상을 환히 비추는 책을 펴냅니다.

이 책에 대한 의견이나 오탈자 및 잘못된 내용에 대한 수정 정보는 한빛미디어(주)의 홈페이지나 아래 이메일로 알려 주십시오. 잘못된 책은 구입하신 서점에서 교환해 드립니다. 책값은 뒤표지에 표시되어 있습니다.
한빛미디어 홈페이지 www.hanbit.co.kr / **이메일** ask_life@hanbit.co.kr
한빛라이프 페이스북 facebook.com/goodtipstoknow / **포스트** post.naver.com/hanbitstory

고개를 끄덕이는 것만으로도
위로가 되니까

열두 번의 계절이
지나는 동안
나를 키운 그림책 수업

문지애 지음

한빛라이프

프롤로그

그림책이 있어 저는 좀 더 용감해졌습니다

저는 실수에 연연하는 사람입니다. 남들이 나를 어떻게 평가할지 궁금하고 방송을 앞두고는 여전히 긴장을 놓지 못하는 평범한 사람이지요. 평생 그렇게 여겼고, 그렇다고 남들보다 더 많이 고민하며 살아온 것도 아니었기에 내 이야기를 글로 풀어내리라는 생각을 해본 적은 없었습니다. 그런데 책을 내는 건 내 능력 밖의 일이라 여겼던 제가 작가의 말을 쓰고 있네요.

내 인생의 가장 탁월한 성취가 무엇이었는지 돌아봅니다. 사실 그리 깊게 고민할 것도 없습니다. 공중파 방송국의 아나운서 합격이 제 인생 최고의 순간이었음이 너무도 명확하니까요. 저는 아주 어릴 적부터 아나운서를 꿈꿨고 5년의 준비 끝에 간신히 아나운서가 되었습니다.

하지만 인생은 계획대로 흘러가지만은 않았습니다. 저는 자의 반 타의 반으로 프리랜서 방송인이 되었고, 계획에도 없던 또 다른 일을 저지르며 살고 있습니다.

평생 아나운서로 살고 싶었던 시절도 있었지만, 요즘에는 '그림책학교 원장'이라는 말이 더 편하게 느껴집니다. 시작은 무척 사소했어요. 좋은 엄마가 돼보려 발버둥 치다 만난 그림책 한 권이 저를 여기까지 이끌었으니까요. 저는 빠르게 그림책과 사랑에 빠졌고, 사랑하니 많은 일들이 일어났습니다. 유튜브 채널 애TV로 시작해 오프라인 수업 공간을 열었으며, 이제는 그림책 키트 배송 서비스까지 운영하고 있습니다. 평생 아나운서로 살아가리라 믿었던 생각과는 많이 다른 삶을 사는 셈이지요. 덕분에 제 삶이 풍요로워졌다 여기지만 이제 와 뒤돌아보니 그렇다는 말일 뿐 매 순간순간 제 한계를 체감하며 버둥거렸습니다.

여기까지 오기 위해 많은 그림책을 읽었습니다. 그래서일까요. 가끔은 그림책이 제 영혼의 동반자 같다는 느낌을 받기도 합니다. 힘든 시기마다 그럴 줄 알았다는 듯 위로를 건네는 그림책들이 있었으니까요. 그게 고마워서 더 많은 분께 그림책을 알려보겠다고 글을 쓰고 있는지도 모르겠습니다. 책을 낸다는 게 제 밑천까지 모두 내보이는 두려운 일임을 잘 알면서도요. 그림책이 저를 아주 용감하게 만들어준 게 분명합니다.

이제 다섯 살이 된 아들 범민이가 없었다면 이 책은 불가능했을 겁니다. 매일 밤 자기 전에 범민이에게 그림책을 읽어주는데, 이때는 다양한 책보다는 아이가 좋아하는 책을 반복해서 읽어줍니다. 범민이는 나이에 비해 말을 잘하고 또 가끔은 어려운 단어를 정확하게 사용해 어른들을 놀라게도 합니다. 이 모든 게 그림책 덕분이라 말하면 억지스럽겠지만 그런데도 저는 범민이가 유년기부터 그림책과 함께였기에 가능한 일이라고 믿고 있습니다. 제가 아이를 키우며 깨달은 그림책과 가까워질 방법이 이 책에 담겨 있습니다.

서촌 그림책학교에서 만난 수백 명의 아이와 성숙한 태도로 아이들을 대하는 부모님들도 제게 많은 영감을 줬습니다. 그들의 이야기가 이 책의 또 다른 축이 돼주기도 했고요. 이 자리를 빌려 감사의 말씀을 전합니다.

세상의 모든 그림책 작가들에게도 존경과 감사의 마음을 전합니다. 그림책이 있어 저는 새로운 삶을 개척해나갈 용기를 얻었습니다. 그림책을 보며 비로소 제가 가진 결핍을 직시하고 사랑할 용기가 생겼습니다. 그리고 여러분도 그러시리라 믿어 의심치 않습니다. 그림책 세상에 오신 걸 환영합니다.

차례

Chapter 1

토닥토닥, 참 애썼다, 참 잘했다

세상을 살아가느라 애쓰는 어른들을 위로해주는 책

Chapter 2

너를 사랑하는 게 나의 유일한 일이었지

아이와 읽으며 새롭게 알게 된 책

Chapter 3

아이들은 알고 있다, 표현을 못할 뿐

그림책 학교에서 함께 읽은 책

Chapter 4

아이의 생각을 키우는 그림책 읽기

Chapter 1

토닥토닥,
참 애썼다,
참 잘했다

세상을 살아가느라 애쓰는 어른들을 위로해주는 책

토닥토닥,
참 애썼다,
참 잘했다

세상을 살아가느라 애쓰는 어른들을 위로해주는 책

83년생 문지애

민들레는 민들레

영화 〈82년생 김지영〉에서 김지영은 말합니다.

"가슴이 쿵 하고 내려앉고. 내가 요즘 별게 다 화가 나."

출산하고 꽤 오랜 시간 힘들었습니다. 가장 큰 문제는 체력이었지요. 갓난아이가 있어 밤잠을 깊이 못 자니 늘 잠에 취해 있었습니다. 잠깐이라도 눈을 붙이려 해도 아이의 울음소리에 자동으로 몸이 튕겨 나가더군요. 가끔 쉬고 있을 때도 긴장을 놓지 못하니 매일이 힘겨웠습니다. 바람 소리가 휙 나면 마음이 쿵 떨어지는 느낌이 들었고 별 의도가 없는 상대의 말에도 쉽게 화가 났지만, 호르몬 문제려니 대수롭지 않게 여겼습니다. 그러던 어느 날 밤, 곤히 자는 남편을 두고 거실로 나왔습니다. 시간이 날 때마다 서점에 들러 한 권씩 사두곤 했던 그림책을 훑어보던 그때, 그림책《민들레는 민들레》를 만났습니다.

민들레는 민들레
꽃이 져도 민들레
씨가 맺혀도 민들레
휘익 바람 불어 하늘하늘 날아가도
민들레는 민들레

그날 밤 쿠션에 얼굴을 묻고 펑펑 울었습니다. 아이를 낳고 일 년 가까이 모르고 살았던 내 마음이 비로소 보였습니다. '문지애'는 어느새 사라지고, 한 아이의 '엄마'만이 하루하루를 겨우 버티고 있었습니다. 그게 서운했고 힘들었지만 그런 감정을 누구에게도 털어놓지 못했습니다. "여자 인생 별거 없다. 아이 키우며 얻는 행복이 제일이다"와 같은 말을 너무 오래 들었던 탓이겠지요. 하지만 저는 행복하지 않았고 당시 상황이 거북할 때도 있었습니다. 물론 지금도 모든 게 자연스럽지만은 않습니다. 어쩌면 그 무렵 저는 크게 앓고 있었던 것 같습니다. 심지어 저도 몰랐고 누구도 눈치채지 못했지만 말이지요.

가만히 내 마음을 성찰하고, 다시 그림책을 들여다봤습니다. 낡은 기와지붕 위, 자동차가 달리는 도로 옆 틈새, 흔해 빠진 가로수 아래에도 민들레는 무심하게 피어 있더군요. 홀로 피어 있어도, 두세 송이가 함께 있어도, 들판 가득 꼼꼼하게 메우고 있어도 민들레는 민들레라고 말하고 있었습니다. 그러고 보니 민들레를 이렇게까지 가까이에서 바라본 적이 없었습니다. 흔하니 귀하지 않았고 화려하지 않으니 눈길이 가지 않았던 것이지요. 그제야 지천으로 널린 민들레의 담담한 존재가 눈에 들어왔습니다. 낡은 옷, 부스스한 머리, 정돈되지 않은 몸가짐으로 일 년을 살아왔고 그래서 내 모습이 낯설었지만 그래도 '문지애는 문지애'라고 책은 말해주고 있었습니다. 그림책을 보고 비로소 치유됐고, 저는 다시 세상으로 나올 준비를 시작할 수 있었습니다.

그림책학교에서 만나는 엄마들 대부분이 저와 비슷한 나이입니다. 우리 모두 비슷한 시행착오를 겪으며 여기까지 왔겠지요. 달라진 게 있다면 이제 아이가 생겼고 우리는 엄마가 됐다는 겁니다. 어른을 위한 그림책 클래스를 열었을 때 우리는 서로의 마음을 고백했습니다. "제가 원래는 병원에 근무했었는데…", "한창 회사가 저에게 많은 역할과 기대를 했을 때였는데…" 현실적인 이유로 꿈을 이어가지 못했다는 이야기를 전하는 엄마들의 말에는 아쉬움과 슬픔이 짙게 배어 있었습니

다. 각자의 이야기였지만 우리 모두의 이야기였고 그래서 우리는 함께 눈물을 흘리고 서로를 깊게 이해했습니다.

다시 영화 얘기로 돌아와 봅니다. 영화 속에서 김지영의 남편은 좋은 사람입니다. 아내를 걱정하고 아내의 꿈을 위해 육아휴직도 고려합니다. 그런데도 김지영은 결국 가정에 남을 수밖에 없었습니다. 여전히 여성에게 불리한 우리 사회의 시스템 문제를 개인의 선한 의지만으로 뚫고 나갈 수 없음을 영화는 보여주는 것 같습니다. 아직 갈 길이 멀게 느껴집니다. 82년생 김지영이, 83년생 문지애가, 또 다른 84년생, 85년생, 86년생 여성들이 출산으로 인해 주저앉지 않을 수 있는 사회가 되기를, 그리하여 노력한 만큼 성취해내는 게 자연스러운 세상이 되기를 꿈꿔봅니다.

함께 읽어보세요

- 내 안에 나무 (코리나 루켄 글·그림, 김세실 옮김, 나는별)
- 나는 한때 (지우 글·그림, 킨더랜드)

민들레는 민들레

김장성 글 | 오현경 그림 | 이야기꽃

민들레의 한 생애를 담고 있는 그림책입니다. 화려한 꽃들 사이에서 민들레는 늘 그렇듯 묵묵히 그리고 담담하게 살아내고 있었습니다. 늘 곁에 있어 보이지 않았던 민들레가 눈에 띄기 시작한 건 바로 이 그림책을 만나고부터였어요. 그림책과의 인연을 시작하게 해준 책. 자기를 잃지 않고 살아가는 사람들을 응원하는 그림책입니다.

어느 하나 소중하지 않은 날은 없다

우리의 모든 날들

지난해 연말 병원에 입원한 적이 있습니다. 5인 병실 맨 앞이 제 자리였습니다. 침대에 누워 하릴없이 하얀 천장을 바라보며 여러 생각에 잠겼습니다. 살아온 날들이 빠르게 머릿속을 지나갔고 앞으로 살아갈 날들의 간절함과 두려움이 저를 엄습했습니다. 처음으로 애TV 그림책학교를 운영하며 쉽지만은 않은 시간을 보냈습니다. 타고난 예민함 때문이기도 했고 욕심을 내려놓지 못하는 저의 성격 탓이기도 했습니다. 이름을 걸고 시작했는데 완벽하지 못한 모습을 견딜 수 없었으니까요. 하지만 초짜 중의 초짜였기에 긴장은 매일같이 이어졌습니다.

~~~~~~~~~~~~~~

아프고 나서야 비로소 저도 주변을 잘 관찰할 수 있었습니다.
늘 변하고 있는 풍경처럼 우리의 하루하루도
새롭고 신비했습니다. 그리고 모든 것이 고마웠습니다.
엄마의 잔소리도, 늘 곁에 있어 당연했던 남편도,
하루 500번씩 '엄마'를 불러대는 아들도.
모두 새롭고, 반갑고, 감사했습니다.
이들과 함께하는 하루하루가 눈부신 날들이란 걸 알게 됐습니다.
아프고 나서야 비로소 저도 철이 드나 봅니다.
~~~~~~~~~~~~~~

정신없이 몇 달이 흘렀습니다. 평생을 이렇게 살아왔던 것처럼 평일 주말 할 것 없이 일에 빠져 살았습니다. 그러던 어느 날 몸에 이상 신호가 오더군요. 처음엔 피부였습니다. 얼굴부터 목까지 술에 취한 사람처럼 벌건 홍조가 나타났어요. 하지만 일에 몰두하다 보니 변화를 감지하고도 눈을 감았습니다. 밤마다 가려움과 기분 나쁜 꿈틀거림은 정도를 더해갔지요. 화장은커녕 스킨조차 바를 수 없는 상태가 됐습니다. 미련하게도 저는 그제야 병원을 찾았고 피부염 진단을 받았습니다. 원인도 알 수 없고, 확실한 치료법도 없다고 했습니다. 저를 진료한 의사 역시 12년째 이 증상을 달고 산다고 했습니다. 심할 땐 약을 먹어 가라앉히고, 음식과 생활 습관을 바꿔가며 조금씩 달래는 것밖에 별다른 방법이 없었습니다. 그러다 집으로 돌아가는 길 지하철역 전신 거울에 비친 저를 봤습니다. 형편없더군요. 최근 들어 엄마가 좀 꾸미라고 잔소리하며 속상함을 내비쳤던 일들이 떠올랐습니다. 겨우 걸어 다니는 사람처럼 어깨는 굽었고 몸은 더 말라 있었습니다. 어쩌면 몸에 문제가 있을지도 모른다는 예감이 들었습니다. 불안한 마음에 건강검진을 신청했습니다.

예전과 달리 건강검진 결과에 자신이 없었습니다. 시험 결과를 기다리는 것처럼 초조했습니다. 얼마 후 왼쪽 가슴에 의심스러운 부분이 있으니 확대 촬영을 하고 반드시 추가 검사를 받으라는 병원의 연락을 받았습니다. 덜컥했습니다. 아무것도 손에 잡히지 않았습니다. 대학병원으로 옮겨 추가 검사와 간단한 수술을 받았습니다. 평소처럼 지내보려 했지만 쉽지 않았습니다. 눈에 띄게 살이 빠져 옷이 맞지 않았고, 녹화가 길게 이어지면 예전에 경험하지 못했던 큰 피로가 몰려왔습니다. 일을 마치고 집으로 돌아와서는 죄 없는 가족들에게 스트레스를 풀었습니다. 안과 밖 어느 곳에서도 안정을 찾지 못한 시간이었습니다. 그렇게 한 달이 지나고 검사 결과가 나왔습니다. 걱정하지 않아도 된다는 판단이었습니다. 조금 호들갑스럽게 여겨질 수도 있지만 새로운 생명을 얻은 느낌이었습니다. 벅차고 감사했습니다. 무엇에 더 집중해야 할지, 반대로 무엇을 내려놓아야 할지 비로소 명료해졌습니다. 지친 몸이 삶을 정비하라고 신호를 보낸 느낌이었습니다.

몸이 괜찮다는 판정을 받고서야 다시 책을 들여다볼 여유가 생겼습니다. 저는 프랑스 작가 로맹 베르나르의 작품《우리의 모든 날들》을 골랐습니다. 신간으로 나오자마자 바로 주문하고 집에 들여놓았던 책입니다. 이 책은 계절의 순환과 시간의 흐름에 따라 일어나는 한 마을의 변화를 담고 있습니다. 어릴 때부터 이 마을에 살았던 '에메 아저씨'는 사진 찍기를 즐깁니다. 아저씨는 말합니다. "네가 사는 곳을 날마다 잘 살펴보렴. 하루하루는 다 다르지만 모든 날이 다 아름답단다." 아저씨의 말이 맞았습니다. 같은 마을이었지만 낮과 밤, 봄과 겨울이 달랐고 나무의 색감, 건물의 빛바램까지도 미세하게 변화하고 있었습니다.

아프고 나서야 비로소 저도 주변을 잘 관찰할 수 있었습니다. 늘 변하고 있는 풍경처럼 우리의 하루하루도 새롭고 신비했습니다. 그리고 모든 것이 고마웠습니다. 엄마의 잔소리도, 늘 곁에 있어 당연했던 남편도, 하루 500번씩 '엄마'를 불러대는 아들도. 모두 새롭고, 반갑고, 감사했습니다. 이들과 함께하는 하루하루가 눈부신 날들이란 걸 알게 됐습니다. 아프고 나서야 비로소 저도 철이 드나 봅니다.

함께 읽어보세요

- 달려라 오토바이(전미화 글·그림, 문학동네)
- 아침에 창문을 열면(아라이 료지 글·그림, 김난주 옮김, 시공주니어)

우리의 모든 날들

로맹 베르나르 글·그림 | 이경혜 옮김 | 모래알

한 마을의 풍경이 계절에 따라, 세월의 흐름에 따라 변화하는 모습을 담고 있습니다. 작은 변화지만 풍경은 분명 다릅니다. 그리고 모두 아름답습니다. 내가 사는 지금 이 공간을 사랑하고 있나요? 이 말은 나의 지금을 사랑하고 있냐는 질문과 다르지 않을 겁니다. 아름답지 않을 것은 없습니다. 사랑하지 않을 것도 없습니다.

지금 나에게
소중한 사람은 누구인가요?

누가 상상이나 할까요?

그림책은 대부분 비닐로 포장해 판매합니다. 때문에 책 내용을 확인하고 사는 게 불가능한 경우가 많습니다. 그래서 저는 대부분의 그림책을 중고서점에서 삽니다. 손때 묻은 낡은 책이 싫지 않고 한꺼번에 많은 책을 사더라도 부담이 적기 때문이죠. 물론 중고 책이 있더라도 내용이 정말 좋으면 반드시 새 책을 사서 소장하긴 합니다.

하지만 이 책,《누가 상상이나 할까요?》는 예외였습니다. 무엇에 홀린 듯 표지만 보고 구입을 결심했습니다. 그림책을 좋아하시는 분들은 잘 알겠지만 아무 정보도 없이 덥석 새 그림책을 사는 경우는 흔치 않지요.

책 표지에는 은발의 노부부가 서로에게 눈을 맞추며 손을 꼭 잡고 있습니다. 그리고 어딘가로 날아가네요. 평생을 아낌없이 사랑한 노부부의 편안한 표정 그리고 말하지 않아도 전해지는 애틋함. 저는 금방 마음을 빼앗겼고 이 책이 무슨 이야기를 하려는지 무척 궁금해졌습니다.

머리가 하얗게 센 할머니가 소파에 앉아 무언가를 기다립니다. 할머니는 세상을 먼저 떠난 배우자 헨리와의 데이트를 기다리고 있습니다. 하늘나라에 사는 헨리는 매일 오후 네 시부터 세 시간 동안만 외출할 수 있거든요. 둘은 꿈속에서 데이트를 합니다. 사자와 즐겁게 지내기도 하고 숲속 동물들과 파티를 열기도 합니다. 할머니는 헨리의 어깨에 기대어 지난날을 돌아봅니다. 함께 아이를 키우고 정원을 가꿨던 평범하고 행복한 날들이 노부부에게 펼쳐집니다. 두 사람은 그 장면들을 흐뭇하게 바라보네요. 하지만 이제 헤어질 시간입니다. 헨리가 입을 맞춥니다. 그리고 이렇게 말하지요. "내일 오후에 다시 만납시다." 달콤한 데이트였을까요. 꿈에서 깬 할머니의 표정은 평온하고 행복합니다.

이 책은 영국의 대표적인 그림책 작가, 주디스 커의 작품입니다. 예상대로 그림책은 따뜻했고 섬세했습니다. 할머니는 할아버지와 데이트하는 꿈속에서 마치 20년 전으로 돌아간 것처럼 활기가 넘칩니다. 겉모습에 변화를 주지도 않았고 꿈속임을 알리는 특별한 장치를 둔 것도 아닌데도요. 눈빛과 표정과 에너지가 모두 다릅니다. 사랑하는 사람과 함께했던 그 시절로 돌아가면 우리는 얼마나 행복할까. 작가는 이 지점을 섬세하게 표현하고 있었습니다. 군더더기 없는 마지막 장면도 좋았습니다. 꿈에서 깬 할머니는 이걸로 충분하다는 듯 말합니다. "설탕 두 스푼 넣어줘요." 그것으로 아흔이 넘은 노작가의 내공이 그대로 전해집니다.

저는 대학을 막 졸업하고 입사한 회사에서 남편을 만났습니다. 24살 겨울, 여의도 한 호프집에 검정 코트를 입은 남편이 들어왔습니다. 코트가 잘 어울렸고 거들먹거림 없는 겸손한 사람이란 인상을 받았습니다. 누구에게나 적당한 예의를 지켰고 작은 일에 일희일비하지 않는 단단함이 있어 보였습니다.

남편은 빛나지 않는 프로그램을 오랜 시간 진행했습니다. 아무도 신경을 쓰지 않다가 누군가 "아! 참 너 그걸 진행했지" 하는 프로그램들도 꽤 많거든요. 하지만 남편은 투덜거리거나 작은 프로그램이라고 해서 먼저 교체를 요구하지 않았습니다. 늘 성실하게 그 일을 해나갔습니다. 입사 동기와 후배들이 더 눈에 띄는 일들을 해도 크게 흔들리지 않는 눈치였습니다. 지

는 사람이 아니라 져주는 사람, 욕심이 없는 사람이 아니라 욕심을 티 내지 않는 사람. 또래 남성에게서는 보기 드문 세련됨이 마음에 들었습니다.

긴 연애 기간을 포함해, 이제 우리는 서로의 삶에 스며든 지 15년이 넘어선 10년 차 부부가 됐습니다. 지루해질 법도 한데, 저는 여전히 남편과의 시간이 가장 즐겁습니다. 감사한 일이지요. 편안하기만 한 것이 아니라 실제로 재미있고 신이 납니다. 남편과 함께 살면서 시간이 총알처럼 빨리 흘러갔다고 하면 과장이라 하려나요. 남편이 마흔을 넘어서고부터는 저의 잔소리가 늘었습니다. 술 좀 줄여라, 운전 좀 얌전히 해라, 운동 좀 하고 와라. 모두 남편과 더 오랜 시간을 나누고 싶어서 나오는 말입니다.

이 책을 보고 우리 부부를 생각했습니다. 남편이 없는 삶은 내게 어떻게 다가올까? 하늘에서 매일 데이트하면 우리는 무슨 이야기를 나눌까? 나란히 앉아 지난날들을 되짚어본다면 언제를 가장 그리워하게 될까? 그림책은 말해줍니다. 행복한 부부는 이별 후의 모습도 행복하니 걱정하지 말라고요. 이 책의 작가 주디스 커는 올해 세상을 떠났습니다. 그리워하던 남편의 곁으로 돌아간 셈이지요. 주디스 커가 그의 남편과 만나 무엇을 하며 시간을 보내고 있을지 저는 다 알 것만 같습니다.

함께 읽어보세요

- 100인생 그림책 (하이케 팔러 글, 발레리오 비달리 그림, 김서정 옮김, 사계절)
- 눈사람은 죽지 않아 (티에리 드되 글·그림, 박언주 옮김, 딸기책방)

누가 상상이나 할까요?

주디스 커 글·그림 | 공경희 옮김 | 웅진주니어

주인공 할머니는 먼저 떠나보낸 남편과 매일 오후 네 시에 데이트를 합니다. 어떻게 가능하냐고요? 꿈속이라면 불가능한 건 없습니다. 노부부는 함께 했던 과거의 시간을 그리워합니다. 돌아보니 정말 아름답고 행복했던 시간이었습니다. 우리는 어쩌면 삶에서 가장 행복하고 아름다운 오늘을 살고 있는지도 모르겠습니다.

정성을 다해 아이 마음을 읽되, 단호할 것

엄마, 잠깐만!

사실 어떤 엄마가 좋은 엄마인지 우리는 모두 알고 있습니다. 수많은 육아서와 전문가들의 인터뷰에 이미 답이 나와 있으니까요. 들어보면 틀린 말 하나 없이 좋은 얘기들이지요. 하지만 문제는 다른 데 있습니다. 수십 또는 수백 가지의 좋은 엄마의 모습 중에 내 성향과 잘 맞는 걸 찾기가 어렵다는 거예요. 그래서 때로는 너무 많은 답보다 나에게 잘 맞는 단 한 개의 답이 절실합니다.

몇 년 동안 아이를 키우며 제가 정한 좋은 엄마의 기준은 두 가지입니다. 첫째, 아이의 마음을 먼저 읽어 주자. 둘째, 부드럽지만 단호한 태도를 보이자. 집에서만 생활하던 아이가 기관에 다니기 시작하자 짜증이 부쩍 늘어가는 게 보였습니다. 이해는 됐습니다. 졸리면 자고, 배고프면 먹는 쉽게 말해 뭐든 자기 마음대로 해도 됐던 생활이 끝난 셈이니까요. 아이가 새롭게 접하게 되는 시간표와 규칙 있는 삶이 얼마나 큰 스트레스로 다가올지 짐작이 됐습니다.

그러던 어느 날 아이의 짜증이 극에 달했습니다. 바나나를 달라고 했다 막상 주면 싫다고 하고, 밖으로 나가기로 해서 옷을 입혀주니 안 나가겠다며 현관에서 떼를 씁니다. 밥도 싫고, 주스도 싫고, 낮잠 자는 것도 싫다고 하더니 마지막에 "엄마. 가!"를 외치는 겁니다. 언제나 엄마가 없을까 봐 전전긍긍하던 아이가 "엄마 가!"를 외치니 아이의 마음이 보이더군요. 한 발 떨어져 차분하게 말을 건넸습니다.

"오늘 엄마가 밉구나, 엄마 때문에 범민이 마음이 속상하구나."

아이에게 가까이 얼굴을 대고 온 감정을 담아 눈으로 함께 말했습니다.

"범민이가 가라고 해도 엄마는 오늘 범민이랑 계속 같이 있을 거야."

어쩌면 마음에 없는 말을 내뱉고는 엄마가 진짜 갈까 두려워하는 아이의 마음을 안심시켜주고 싶었습니다.

"엄마가 왜 범민이 마음을 속상하게 했을까?"

"유치원!"

아이의 눈에 서운함이 스쳐 갔습니다. 그제야 알아차렸습니다. 그날 아침만은 유치원에 가고 싶지 않았단 걸. 늘 밥도 늦게 먹고, 옷도 겨우 입고, 양치도 억지로 하며 어떻게든 유치원에 안 가려던 아이였습니다. 하지만 그날은 진짜! 엄마와 함께 있고 싶은 마음이었나 봅니다. 엄마에겐 똑같은 아침이었지만 아이의 마음에는 평소와 다른 특별한 날이었던 겁니다. 저는 한참 동안 아이를 꼭 안아주었습니다. 그리고 말했습니다.

"범민아, 엄마도 범민이랑 손잡고 집에만 있고 싶을 때가 있어. 그렇지만 엄마는 꼭 해야 하는 일이 있고, 약속도 지켜야 해. 그런데도 정말 일하기 싫은 날도 있어. 그럴 때 엄마는 탁! 일어나버려. 하나 둘 셋! 탁! 이렇게. 그러면 하기 싫은 마음이 탁! 사라져버려."

"탁! 이르케?"

나름 심오한 매너리즘 탈피 방법을 아이가 어떻게 받아들였는지는 모르겠지만, 어쨌든 거짓 없는 저의 마음을 최대한 설명했습니다. 그리고 덧붙였지요.

"엄마는 어른이라 탁! 하면 마음이 변할 수도 있는데 너는 어려울 거야."

비법은 알려줬으나 쉽지 않을 것이니 뜻대로 되지 않은 너의 마음을 마음껏 표현해도 좋다는 여지는 남겨두었습니다.

이런 일도 있었습니다. 일산에 있는 EBS 방송국에서 매일 라디오 방송을 하던 어느 날, 남편이 범민이와 함께 저를 데리러 와주었어요. EBS 앞뜰에는 커다란 공룡모형이 있는데요. 아이는 좋아하는 공룡 앞을 떠날 줄 몰랐고, 얼른 돌아가야 하는 남편과 저는 우두커니 공룡 옆을 배회했습니다. 인제 그만 가야 한다는 생각만이 가득했죠. 더 안 되겠다 싶어 저희 부부는 아이를 강제로 차에 태웠습니다.

얼떨결에 차에 실린 아이는 울음을 터뜨렸고, 남편과 저는 이야기했습니다. "이제 그만 가야 해!" 아이에겐 납득할 수 없는 이유였을 테고 강압적인 분위기가 불쾌했을 겁니다.

범민이는 온 힘을 다해 울기 시작했습니다. 적당히 울다 그칠 거라 생각했지만 계속해서 악을 쓰며 울었고 결국 구토까지 하고 말았습니다.

무엇이 문제였을까? 고민 끝에 결론을 내렸습니다. 저희 부부는 아이라는 이유로 존중의 태도를 전혀 취하지 않았던 것입니다. 아이가 그토록 공룡을 원한다면 얼마간의 시간이라도 허용한 뒤 천천히 설득했어야 할 일입니다.

"범민아, 엄마가 5분의 시간만 줄 수 있어. 범민이가 더 놀게 해주고 싶지만, 엄마도 일이 있거든."

이렇게 얘기하면 범민이는 분명 5분을 놀고, 아쉽지만 기분 좋게 자리를 떠났을 테니까요. 이 일을 겪은 뒤부터 메시지는 단호하게 주되 아이의 마음을 읽어야 한다는 저희 부부의 육아관은 더욱 확고해졌습니다.

그림책 《엄마, 잠깐만!》은 아이의 발걸음, 시선, 속도를 기다려주는 데서 얻는 의외의 행복을 이야기합니다. 처리할 일이 많은 엄마는 언제나 마음이 바쁘지요. 그래서 늘 서두르고 재촉합니다. 하지만 아이의 눈에는 세상 모든 게 신기하기만 합니다. 그냥 지나칠 수 있는 게 하나도 없습니다. 아이는 반복적으로 외칩니다.

"엄마! 잠깐만!"

하지만 엄마는 본인의 속도대로 아이를 끌고 갑니다. 엄마 속도에 맞추느라 열대어, 붉은 꽃 사이의 나비, 강아지, 공사장을 제대로 볼 수가 없습니다. 아이가 다급히 말합니다.

"엄마, 진짜. 진짜로 잠깐만!"

그제야 엄마는 아이의 목소리를 듣고 발걸음을 멈춥니다. 발걸음을 멈추니 창밖으로 커다랗게 핀 무지개가 보입니다. 비로소 엄마와 아이는 같은 곳을 바라보게 됐습니다. 조금 늦었지만, 참 다행입니다. 정성을 다해 아이의 마음을 읽자. 내 흐름을 잃지 말고 단호한 엄마가 되자. 하지만 생각대로 되는 날은 그리 많지 않습니다. 엄마가 된다는 것, 여전히 참 어렵습니다.

함께 읽어보세요

- 도토리시간 (이진희 글·그림, 글로연)
- 눈 오는 날의 기적 (샘 어셔 글·그림, 이상희 옮김, 주니어RHK)

엄마, 잠깐만!

앙트아네트 포티스 글·그림 | 노경실 옮김 | 한솔수북

엄마와 아이가 함께 길을 걷습니다. 하지만 둘의 생각은 너무도 다릅니다. 엄마는 마음이 급해 서두르고, 아이는 천천히 가자고 떼를 씁니다. 아이의 요구에는 분명한 이유가 있습니다. 아이에게 세상은 도무지 그냥 지나칠 수 없을 만큼 신나기 때문입니다. 아이의 시선으로 세상을 음미하며 바라본 게 언제인지 돌아보게 해줍니다.

안녕, 나의 두려움,
나의 친구

쿵쿵이와 나

저는 안정을 추구하는 사람입니다. 만나는 사람, 가는 곳, 사는 방식 무엇하나 예외가 없습니다. 그러니 일상에 드라마틱한 즐거움이 있지도 않습니다. 강도가 센 희열 뒤에 뒤따를 통증을 걱정하는 탓인지 일상을 벗어난 희로애락에는 별 관심이 없습니다. 조금 더 솔직히 말하면 저는 겁이 많고 소심한 사람입니다. 상처받을 일은 시작도 하지 않고 미지근한 반응엔 먼저 발을 빼버립니다. 감당해낼 자신이 없는 일에는 얼씬도 하지 않습니다.

대학 시절도 마찬가지였습니다. 저는 화려한 장소보다는 친한 친구들과 치킨집에 삼삼오오 모여 닭을 먹는 걸 훨씬 좋아했습니다. 새로운 동아리를 찾아간 적도 없었고 해외 배낭여행도 좋아하지 않았습니다. 새로운 기회, 사람, 모험은 저에게는 그저 낯설고 피하고 싶은 대상일 뿐이었습니다. 20대라면 마땅히 있어야 한다고 여기는 무모함과 패기가 저에게는 없었습니다.

그런 저의 삶의 태도를 바꾸어놓을 시간이 찾아왔습니다. 결혼을 앞둔 2012년, 몸담았던 MBC가 파업에 돌입했습니다. 우리가 사랑했던 방송에 권력의 입김이 들어가는 걸 느끼기 시작했고, 저를 포함한 동료들은 파업에 동참했습니다. 물론 그때는 이 사건이 내 인생을 송두리째 뒤바꿔 놓으리란 걸 짐작조차 하지 못했지요. 파업은 무려 180일 동안 계속됐고, 우리는 졌습니다.

일주일 내내 방송을 해왔던 저도 더는 방송을 할 수 없었습니다. 여행도 다녀보고, 그간 없었던 개인 시간도 마음껏 누려보려 했지만, 마음은 편치 않았습니다. 세상에 태어나 처음으로 '꼭 이루고 싶은 일'이 MBC 아나운서가 되는 일이었으니까요. 제겐 자부심이었던 일이 누군가에 의해 함부로 좌지우지될 수 있다는 사실에 좌절과 무기력을 느꼈습니다. 그 무기력함은 30년 넘게 살아온 제 삶의 결을 바꿀 만큼 컸었나 봅니다. 돈이나 유명세에는 아무 관심이 없던 겁 많은 제가 결국 사표를 던졌거든요. 사표의 결과는 방황이었습니다. 늘 고민만 하다 결국은 가장 극단적인 선택을 하는 저 자신을 탓해보기도 했습니다. 옳다고 생각한 것을 택했고 그래서 부끄럽지 않았지만 낯선 사막에 내동댕이쳐진 기분은 어쩔 수 없었습니다.

그렇게 8년여의 세월이 흘러 이제 저는 예전과는 전혀 다른 사람이 됐습니다. 익숙함을 좋아하던 제가 작은 규모의 사업을 시작했고, 수없이 많은 낯선 이들과 만나고 이견을 조율합니다. 매 순간 판단하고, 모든 걸 책임집니다. 과거에는 상상할 수 없던 일들인데 덕분에 커리어를 스스로 만들어간다는 자존감이 생겼습니다. 물론 하루하루가 힘듭니다. 임대료와 월급, 세금계산서와 함께하는 일에는 좀처럼 적응되지 않더군요. 큰 조직의 일원으로 지냈을 때가 그리울 때도 많지만, 어쨌든 지금은 본성을 거슬러 가며 다른 모습으로 살아가고 있습니다.

《쿵쿵이와 나》라는 그림책은 마치 저를 위한 아이처럼 느껴져 애정이 깊습니다. 어린 소녀 옆에 늘 붙어 있는 몽글한 구름 같은 존재가 바로 '쿵쿵이'입니다. 이 책의 원제가 《Me and my fear》인 것처럼 '쿵쿵이'는 소녀의 두려움을 형상화한 존재입니다. 소녀는 늘 자신의 옆에 있는 '쿵쿵이'를 들키고 싶어 하지 않습니다. 그러던 어느 날 소녀는 깨닫습니다. 나 말고 다른

이들에게도 저만의 '쿵쿵이'가 있다는 걸요. 그리고 다짐합니다. 내 안의 '쿵쿵이'가 커졌다 작아지는 순간들을 조절해가며, 함께 잘살아 보겠다고….

이 책은 마치 해결되지 못한 오랜 고민을 털어놓고, 기다리던 답을 얻은 것과 같은 위로를 줍니다. 두려움을 부정적인 감정으로 다루지 않아 좋았고, 마음만 먹으면 모든 걸 할 수 있다는 억지스러운 격려를 하지 않아 편안했습니다. 많이 변했다고는 하지만 제 곁에도 여전히 쿵쿵이는 있습니다. 하지만 더는 낯설거나 부끄럽지는 않습니다. 늘 망설이는 어른, 용기가 없다고 자책하는 아이들에게 이 책을 권하고 싶습니다.

함께 읽어보세요

- 블랙 독 (레비 핀폴드 글·그림, 천미나 옮김, 북스토리아이)
- 내 안에 내가 있다 (알렉스 쿠소 글, 키티 크라우더 그림, 신혜은 옮김, 바람의아이들)

쿵쿵이와 나

프란체스카 산나 글·그림 | 김지은 옮김 | 미디어창비

우리 모두에게는 두려움이 있습니다. 인간이 지닌 기본적인 감정이지요. 때로는 두려움이 성가시게 느껴질 때도 있습니다. 걱정과 불안이 모두 이 두려움에서 시작된다고 느껴지기 때문이지요. 이 책은 두려움을 대하는 다른 시각을 제안합니다. 두려움을 이겨내려 혹은 극복하려 애쓸 필요 없습니다. 어쩌면 두려움은 평생을 함께해야 하는 친구일지도 모르니까요.

나의 통인동

나의 독산동

그림책《나의 독산동》은 작가가 독산동에서 보낸 유년 시절의 이야기입니다. 그림책을 열면 공장과 집들의 구분이 없는 공단지역, 독산동의 풍경이 펼쳐집니다. 수많은 노동자가 최소한의 대우도 받지 못하며 살아가는 곳이었지만 작가의 기억은 달랐습니다. 놀이터에서 아이 한 명 찾아보기 힘든 요즘과 달리 당시 독산동에는 어디에서나 아이들의 재잘거리는 목소리가 있었습니다. 문 열린 공장 사이로 불빛이 뿜어져 나오며 서로가 서로에게 가족이 되어주던 공간입니다.

주인공 은이가 학교에서 시험을 봤는데 문제는 다음과 같습니다.

'이웃에 공장이 많으면 생활하기 어떨까?'

1. 매우 편리하다

2. 조용하고 공기가 좋다

3. 시끄러워 살기가 나쁘다.

3번을 택하지 않을까 싶지만 은이에게 정답은 1번입니다. 독산동의 활기가 소음으로 느껴질 수도 있다는 사실을 은이는 시험을 보고 나서야 알았습니다. 은이는 공장과 집이 가까워 좋은 점이 더 많았거든요. 혼자 잠이 들어도 엄마 아빠가 가까이 있다는 생각에 무섭기는커녕 든든했습니다. 이렇게 좋은 우리 동네를 살기 나쁜 동네라고 하니 선생님도 모르는 게 많다는 생각이 들기도 합니다.

1980년대 제 유년 시절을 보낸 동네 역시 지금과는 사뭇 달랐습니다. 지금은 빌딩들이 가득한 공간이지만 당시에는 허허벌판이었거든요. 일주일에 한 번씩 스프링 달린 목마 트럭을 끌고 오는 아저씨, 달고나를 구워주는 아저씨를 기다리는 게 저에게는 큰 기쁨이었습니다. 잠자리와 메뚜기를 잡으러 온종일 쏘다녔고 바위에 꽃잎을 빻아 소꿉놀이를 즐겼습니다. 동네에는 '누구야 노올자'라는 목소리가 쉬지 않고 들려왔고, 아파트 복도에는 드문드문 빨래가 널려 있었습니다. 그때의 기억을 한 단어로 말해보자면 '정겨움'이겠지요.

종로구 통인동 역시 저에게는 특별한 기억으로 남아 있는 동네입니다. 통인동은 대학 시절 등굣길이었습니다. 지하철 경복궁역에서 내려 깎아지른 절벽을 올라가는 스쿨버스를 타고 다니며 얼마나 많은 고민을 내뱉었는지. 못나고 지질한 제 속을 너무 많이 보여줬던 곳이어서인지, 이 동네에 오면 금의 환향한 것 같은 착각에 빠지기도 합니다. 서툴지만 빛나던 나의 한 시기를 잘 관통해왔다는 느낌에 뿌듯해지기도 하고요. 그래서일까요? 저는 이곳 통인동에 그림책학교 사무실을 열겠다고 결심했나 봅니다.

어디서 용기가 났는지 저는 그림책학교 교육 공간을 마련하겠다고 통인동 일대를 뒤지고 다니기 시작했습니다. 고전적이고 우아한 아름다움이 있는 한옥부터, 평범하기 그지없는 상가, 차가운 기운이 감도는 현대적인 공간까지.

열심히 내 공간을 찾아다녔습니다. 처음엔 '미술학원'이라 생각하며 별 관심 없던 무뚝뚝한 부동산 사장님은 점차 제가 찾는 공간의 용도에 깊은 관심을 보이기 시작했습니다. 통인시장 뒤, 경복궁역 근처, 통의동 골목골목까지 동네 구경을 실컷 하고 다닌 여름이었습니다.

다시 봐도 서촌은 참 좋았습니다. 높은 빌딩 없이 오래된 건물들의 삐죽삐죽한 모양새가 예뻤고, 유행 따라 흘러가는 가벼운 곳이 아니라는 느낌도 좋았습니다. 그러면서도 경복궁, 덕수궁 돌담길, 국립현대미술관, 광화문 광장 같은 서울의 랜드마크가 즐비한 동네였지요.

무엇보다 불안했던 내 20대의 추억이 그대로 묻어 있는 거리라는 점이 가장 좋았습니다. 결국 저는 통인동의 신축건물 4층 공간을 작업실로 결정했습니다. 임대료가 합리적이었고, 낮은 건물들 덕에 저 멀리 인왕산과 청와대가 한눈에 들어오는 풍경도 마음에 쏙 들었습니다. 게다가 작고 아담한 테라스까지 딸려 있었습니다. 모두 부동산 사장님과 친해진 덕이었습니다. 그렇게 스무 살 저를 온전히 기억하는 통인동에서 생애 첫 사업자등록증을 냈습니다.

못났지만 조금씩 커나가는 제 모습을 모두 기억하고 있는 곳, 저와 통인동의 이야기는 앞으로도 계속 이어지겠지요.

함께 읽어보세요

- 나의 동네 (이미나 글·그림, 보림)
- 나의 작은 집 (김선진 글·그림, 상수리)

나의 독산동

유은실 글 | 오승민 그림 | 문학과지성사

이 그림책에는 80년대의 풍경이 고스란히 담겨 있습니다. 삶에 대한 희망과 고단함이 공존했던 그 시절. 먹고 살기 위해 늦은 밤까지 모두가 일해야만 했지만, 은이에게는 그 시절 풍경이 밤하늘의 별처럼 안온하게만 느껴집니다. 당신은 어떤 동네에서 자라났나요? 우리가 자라났던 동네에 대해 조금 더 알고 싶어집니다.

숨어 있던
그 모습까지도 나니까

마음샘

20대 초반의 아이돌 가수가 MBC 프로그램 〈라디오스타〉에 출연했습니다. 무대에는 자주 섰지만 예능 프로그램은 낯설다는 그의 출연 소감은 이랬습니다.

"너무 기쁘고 흥분되지만 결코 과장되거나 오버하지 않으려는 마음으로 나왔어요."

예능 선수 김구라 씨가 반갑게 받아줬습니다.

"맞아요. 방송은 결이에요. 자기 결대로 가고 자연스럽게 스며드는 것뿐이에요."

이 말이 묘하게 마음을 두드렸습니다.

'내가 설 자리는 어디인가?' 프리랜서 방송인이 되고 요즘 방송을 볼 때면 고민이 많았습니다. 회사를 그만둔 지 꽤 오랜 시간이 지났지만 저는 여전히 아나운서와 방송인 그 어디 즈음에 어정쩡하게 서 있는 느낌입니다. 그래서인지 예능프로그램을 보는 것도, 뉴스를 보는 것도 편치만은 않았습니다. 방송인으로 내가 할 수 있는 역할이 얼마 없다는 회의마저 들곤 했습니다. 그래서였을까요? 작은 방송 제안이 와도 밀어내고 거절하기 바빴습니다. 내 경쟁력이 무엇인지 여전히 확신이 없었기 때문입니다. 그런 와중에 〈라디오스타〉에 나온 예능 초보 신인 가수의 말이 큰 도움이 됐습니다. 간단합니다. 결국 '나다움'을 지키는 것 그게 가장 중요한 것 같습니다.

그림책《마음샘》은 심리상담에서 자주 활용되는 책입니다. 인정하고 싶지 않더라도 진짜 내 모습과 내 마음을 들여다보게 해주는 책이거든요. 목마른 늑대가 샘을 찾습니다. 그런데! 물을 마시려는 찰나 샘물에 토끼 한 마리가 비칩니다. 위협을 가해도 토끼는 꿈쩍하질 않습니다. 늑대의 마음속에 걱정 이상의 공포가 생겨납니다. '실은 내가 토끼였던 건가? 모두 내가 용감한 줄 알 텐데 실은 겁 많고 어수룩한 토끼라는 걸 알게 되면 어쩌지?' 숨어볼까 고민도 해보고 샘의 물을 모두 마셔 감춰보려고도 했지만, 뜻대로 되질 않습니다.

그런데 자꾸만 들여다보니 생각했던 것만큼 토끼가 어수룩해 보이지만은 않습니다. 약하게만 여겼던 토끼의 영민함을 느끼기 시작한 거지요. 늑대는 거부하고 무시했던 자신의 또 다른 모습을 점차 받아들이기 시작합니다. 그러던 중에 늑대의 친구인 여우가 놀러 왔습니다. 그런데 놀랍게도 샘에 비친 여우에게도 또 다른 모습이 있었습니다. 바로 다람쥐였지요. 여우만이 아니었습니다. 뱀에게는 잠자리, 곰은 거북이, 용맹한 사자에게는 온순한 양의 모습이 있었습니다. 모두가 보이는 것과는 다른, 또 다른 내 모습을 가지고 있었던 것입니다. 물에 비친 나는 어떤 모습일까? 남들이 보는 나는 어떤 모습일까? 찾기 어려운 답을 고민해가는 과정에 《마음샘》이 있었습니다.

얼마 전 시청률과 화제성이 높은 SBS 〈동상이몽 2 – 너는 내 운명〉에 출연했습니다. 부부의 관찰카메라를 보며 스튜디오에서 자연스러운 대화를 이어가는 역할이었습니다. 프리랜서를 막 시작했을 때였다면 없던 이야기라도 만들어내려고 꽤 오랜 시간 준비를 했을 것 같습니다. 말도 안 되는 농담을 던지거나 억지로 캐릭터를 만들려 연기를 했겠지요. 하지만 이제는 달라졌더군요. 그저 실제로 있었던 이야기, 하루하루 사는 이야기, 저의 생각과 느낌을 나누면 된다는 생각으로 녹화에 참여했습니다. 과장이 없으니 크게 웃을 일도 없었습니다. 그게 우리가 살아가는 보통의 모습이기도 하고요. 나를 과장해가면서까지 애쓸 필요 없다는 생각, 그래도 나의 삶은 단단히 굴러갈 것이라는 믿음, 10년이 다 돼서야 저는 프리랜서 생활에 익숙해져 가고 있는 듯합니다. 늑대가 자기 안의 토끼를 서서히 인정했듯이 말이지요.

이제 저는 프리랜서이기에 가능한 일들에 집중하고 있습니다. 바로 제 이야기와 제가 쌓아온 경험과 콘텐츠를 나누는 일입니다. '아나운서'와 '그림책 선생님', '한 아이의 엄마'라는 정체성이 어우러질 때 비로소 나만의 이야기가 나오더군요. 프리랜서이기에 힘들게 매일 출근하지 않아도 됩니다. 방송국 PD가 나를 섭외해주길 기다릴 필요도 없습니다. 조직의 눈치를 보지 않고 나만의 길을 만들어가도 됩니다. 프리랜서여서 좋은 점이 이렇게도 많습니다. 이제야 내가 가야만 하는 길이 조금 더 명확해지는 기분입니다. 그리고 내가 걸어가는 이 길이 점점 마음에 듭니다.

함께 읽어보세요

- 가끔씩 나는 (조미자 글·그림, 핑거)
- 누가 진짜 나일까? (다비드 칼리 글, 클라우디아 팔마루치 그림, 나선희 옮김, 책빛)

마음샘

조수경 글·그림 | 한솔수북

"나는 누구인가?" 사춘기를 지나며 누구나 한 번쯤 던져보는 질문입니다. 질문은 쉽지만 답은 어렵습니다. 멋져지고 싶은 마음은 가득하지만 늘 부족한 부분이 있게 마련입니다. 내 모자란 부분까지도 인정하고 수용할 때 우리는 비로소 어른이 됐다고 말할 수 있을 겁니다.

망설일
시간이 없다

하나 둘 셋, 지금!

코로나19로 세상은 빠르게 변하고 있습니다. 교육방식, 업무 형태는 물론이고 사교모임과 여가, 소비의 양상도 예외가 아닙니다. 학원을 운영하는 지인은 동영상 수업으로 오프라인 수업을 대체했고, 이를 위해 간단한 편집 기술을 배우기까지 했더군요. 이제 막 대학 교수로 임용된 친구는 첫 학기 수업을 위해 역시 새로운 강의 형식을 만들어내며 급한 불을 껐다고 가슴을 쓸어내립니다. 여전히 사회 구성원 모두 '덜 만나며' 살아갈 방법을 고민하고 있습니다.

그림책학교도 마찬가지입니다. 코로나 시대에 오프라인 수업의 한계는 명확했습니다. 생각지도 않았던 복병 코로나19에 사업 기반 자체가 흔들리고 있음을 온몸으로 느꼈습니다. 새로운 시도가 없다면 지금까지 벌인 일들마저 실패로 돌아가고 말 거란 확신이 들었습니다. 사업을 시작하기 전 "사업은 정말 어렵다!"고 누누이 강조했던 유경험자들의 말이 무엇인지를 알 것 같았습니다. 하지만 당면한 문제를 해결할 사람은 오직 저밖에 없었고 그 사실이 무겁고 무섭게 다가왔습니다.

코로나로 인한 위기는 제 성격마저 변하게 했습니다. 과거의 저는 확신이 들지 않는 사안에 대해서는 함부로 움직이지 않았습니다. 지금은 좋은 아이디어가 떠오르면 우선 달려듭니다. 오랜 논의 끝에 부적절하다고 판단되면 그때 버려도 늦지 않다는 생각 때문입니다. 그래야 간신히 험난한 사업의 바닥에서 살아남을 수 있겠다는 본능 때문이겠지요. 멀찍이서 지켜보며 때를 보다가 타이밍을 놓쳐버리는 실수를 하고 싶지는 않습니다.

그림책《하나 둘 셋, 지금!》은 이처럼 매일같이 고민하고 간신히 한 발짝씩 나가는 우리에게 응원과 격려를 건네주는 책입니다. 처음으로 줄넘기 놀이를 접하는 아이들은 본능적으로 망설입니다. 휘휘 돌아가는 줄을 보며 마음속으로 하나 둘 셋을 외쳐보지만, 함부로 뛰어들지는 못합니다. 한참을 망설이다 간신히 용기를 내 과감하게 뛰어들어보지만 결과는 좌절입니다. 매번 걸려 넘어지고 또 넘어집니다. 하지만 실패하더라도 뛰어들어야 즐길 수 있습니다. 실패가 쌓이며 점차 용기가 생깁니다. 비로소 '줄이 바닥을 탁! 치는 그때, 팔을 위로 들고 만세 하며 폴짝!' 성공을 경험합니다.

코로나로 인해 좌절감에 빠졌던 시절. 이대로는 포기할 수 없다는 생각이 들었습니다. 코로나가 하루 이틀로 끝날 것 같지도 않았고, 바이러스가 주춤하더라도 다시 사람이 모이는 데는 시간이 걸릴 게 분명했습니다.

기지와 용기가 필요한 순간.

저는 그림책 키트를 집으로 전달하는 '애TV 앳 홈'이라는 서비스를 시작하기로 했습니다. 돌아가는 줄을 멍하니 바라보며 망설이고 주저하고 있던 내가 "바로 지금이야"를 외치며 줄넘기 속으로 뛰어든 순간이겠지요.

동대문시장과 남대문시장을 누비고 다녔습니다. 이 가게 저 가게를 돌아다니며 집에서 할 수 있는 그림책 프로그램에 적절한 재료들을 파악했습니다. 포장도 중요했습니다. 을지로에 있는 방산시장을 찾아다니며 크기와 용도별 박스들을 파악해 갔습니다. 코로나로 인해 어쩔 수 없는 선택이었지만, 결국 이것이 내가 나아가고자 했던 방향임을 알게 됐습니다. 이제 '애

TV 앳 홈'이라는 이름으로 꾸려진 이 프로그램은 한 달에 많으면 오백 가구로 배송됩니다. 도서관, 시청, 병원, 호텔 등에서도 협업 제안을 받고 있습니다.

무서워서 망설이고, 처음이라 주저하고, 넘어져서 좌절했던 우리들입니다. 하지만 작은 용기가 조금씩 쌓이기 시작하면 경험이 쌓이고 지혜가 발휘됩니다. 그리고 어느 순간 과정 자체를 즐기는 나를 만나게 됩니다. 다시 위기 앞에 설 때면 어김없이 이 노란 표지의 작은 그림책이 구령을 외칩니다. "하나 둘 셋, 바로 지금이야!"

함께 읽어보세요

- 피어나다 (장현정 글·그림, 길벗어린이)
- 이야기 기다리던 이야기 (마리안나 코포 글·그림, 레지나 옮김, 딸기책방)

하나 둘 셋, 지금!

이해진 글·그림 | 동심

어릴 적 즐겼던 줄넘기 놀이를 떠올려 봅니다. 친구들이 보고 있어 하긴 해야겠는데 빠르게 넘어가는 줄 사이로 뛰어들 용기는 좀처럼 나지 않습니다. 몇 번을 망설이다 뛰어듭니다. 당연히 줄에 걸려 넘어집니다. 그래도 괜찮습니다. 실패를 통해 우리는 성장하기 마련이니까요. 누구에게든 처음은 어렵습니다. 서투른 나에게 보내는 응원과도 같은 그림책입니다.

내가 아이를 지킬까? 아이가 나를 지킬까?

엄마를 산책시키는 방법

쪽. 아이 이마에 입을 맞추며 작은 소리로 부릅니다.

"범민아~ 잘 잤어?"

곤히 자는 아이를 최대한 기분 좋게 깨워보지만, 전쟁은 지금부터 시작입니다. 서둘러 옷을 입히고 간단하게 아침을 먹입니다. 기분 좋게 등원할 수 있도록 웬만한 비유는 맞춰드립니다. 네, 엄마들은 알지요. 비유를 맞춰주는 게 아니라 맞춰드린다는 걸. "바나나 먹고 싶어." 밥을 먹다 말고 갑자기 다른 걸 찾아도 웬만하면 대령합니다.

간신히 등원할 준비를 마쳤습니다. 왼쪽 어깨엔 아이의 가방을 메고, 오른쪽 어깨엔 제 물건을 넣은 산책 가방을 두릅니다. 엄마 마음은 바쁘나 아이의 보폭은 한정적이니 뛰는 건지 걷는 건지 모를 애매한 속도로 유치원 버스를 타러 갑니다. 버스가 떠날 때까지 손을 흔들어 인사를 나누고 나면 그제야 한숨 돌립니다. 이제, 내 속도에 맞춰 산책을 시작할 시간입니다.

최근에 저는 걷는 재미에 빠져 있습니다. 거창한 목표도 없고, 나를 구속하는 무엇도 없는 시간. 정해진 코스 없이 무작정 걷습니다. 장미가 보고 싶으면 장미가 핀 곳으로, 볕을 받고 싶으면 볕을 따라 걷습니다. 집에서 입던 무릎 나온 바지, 목이 늘어난 티셔츠도 아무 상관 없습니다. 준비물은 적을수록 좋고 시간은 30분이면 충분합니다. 산책이 좋은 건, 회피하지 않고 생각할 수 있어서입니다. 가장 골치 아프고 복잡한 문제일수록 저는 산책하는 시간을 활용합니다. 밤사이 뜬눈으로 고민해봐야 다음 날 다시 고민하고 수정하는 일이 반복됐기 때문입니다. 그래서 풍경을 즐기며 산책을 하다 두 다리에 가속이 붙고 긴장감이 생기면 미뤄뒀던 고민을 기꺼운 마음으로 곱씹기 시작합니다. 엉켜 있던 문제들을 풀어가다 보면 결국 '그래서 네가 하고 싶은 게 뭔데?'라는 질문에 다다르게 됩니다. 때로는 아주 세속적이기도 하고 어느 날은 코웃음이 나도록 시시할 때도 있습니다.

발바닥과 목 줄기가 촉촉해지면 오늘의 산책이 마무리돼간다는 애기입니다. 그때는 미련 없이 집으로 돌아갑니다. 꽤 낮은 온도의 샤워 물을 맞으면 머릿속도 적당한 이성을 장착한 것 같은 만족감이 듭니다. 틈만 나면 눕고 싶지만, 막상 눕고 나면 지나간 시간이 아깝고, 스스로가 한심하게 느껴진다면 무작정 걸어보라고 권하고 싶습니다. 무기력감, 우울감, 좌절감 혹은 지나친 성취감과 자아도취 등 우리가 가진 대부분의 문제점을 해결해줄 만병통치약이 저에게는 산책이더군요.

《엄마를 산책시키는 방법》은 프랑스 작가 클로딘 오브룅과 역시 프랑스 출신의 삽화가 보비+보비의 작품입니다. 이 책은 아이의 입장에서 '엄마를 산책시켜야 하는 이유와 방법'을 알려줍니다. 엄마의 산책은 나에게 무척 중요한 문제입니다. 엄마가 숨을 쉬고 바람을 쐬고 움직이지 않으면 스트레스가 쌓일 거고, 그 스트레스는 나를 향할 게 분명하기 때문이죠. 그래서 아이는 엄마에게 반드시 산책의 중요성을 강조합니다. 어린아이지만 현명하게도 세상 돌아가는 이치를 꿰고 있습니다.

산책을 나온 아이는 엄마의 손을 꽉 잡습니다. 엄마의 건망증이 염려되기 때문입니다. 실제로 놀이동산에서 엄마를 잃어버린 적도 있었습니다. 아이는 엄마를 찾아 나섰지만, 엄마는 보이지 않았습니다. 안내방송 덕에 겨우 만날 수 있었는데 엄마의 얼굴은 사색이 되어 있었고 아주 두려워 보였습니다. 아이는 엄마를 꼭 안아주며 다시는 잃어버리지 말자고 말합니다. 엄마는 자신이 아이를 잃어버렸다고 생각했지만, 아이 입장에서는 엄마가 '나'로부터 길을 잃은 셈입니다. 어른의 입장에서 "그걸 그렇게 여겼어?"라며 코웃음 칠 일이 아닙니다.

이 책을 읽고 되돌아봅니다. 저와 범민이 역시 일방적인 돌봄 관계가 아니었을지도 모릅니다. 얼마 전 잠깐 아이 옆에서 잠이 들었다가 인기척에 눈을 떴는데, 아이가 저를 빤히 바라보고 있었습니다. 그리고는 말을 건넵니다. "엄마 잘 잤어요?" 분명 저는 아이를 돌보고 있었는데 아이 역시 저를 돌보고 있었던 겁니다. 컴컴하게 불 꺼진 거실로 향하는데 뒤에서 아이가 말했습니다. "엄마 안 무서워요?" 엄마가 아이를 염려하듯 아이도 엄마를 보살피고 있는 게 분명합니다.

책의 맨 마지막 장에는 산책의 사전적인 의미가 적혀 있습니다.

산책 : (명사) 휴식을 취하거나 건강을 위해서 천천히 걷는 일.

그리고 삐뚤빼뚤 아이의 글씨로 한 문장이 추가되어 있습니다. '엄마가 행복해진다!' 기운이 없다면, 자꾸만 마음과 다른 말이 나간다면 아이의 손을 잡고 산책을 나서길 권합니다. 아이들은 기꺼이 엄마의 손을 잡고 산책을 시켜줄 테니까요.

함께 읽어보세요

- 파랑 오리 (릴리아 글·그림, 킨더랜드)
- 사랑은 (다이앤 아담스 글, 클레어 키인 그림, 이현진 옮김, 나는별)

엄마를 산책시키는 방법

클로딘 오브룅 글 | 보비+보비 그림 | 이정주 옮김 | 씨드북

아이와의 외출은 여전히 버겁습니다. 챙길 것도 많고 혹시나 아이에게 사고가 날까 봐 한시도 긴장을 늦출 수 없습니다. 하지만 아이의 생각은 다릅니다. 시장을 가도, 놀이 공원을 가도 내가 엄마를 지켜준다고 여깁니다. 돌이켜보니 그랬던 순간이 많았습니다.

고개를 끄덕이는 것만으로도 위로가 된다

엄마 셋 도시락 셋

'애TV 그림책학교'에서는 엄마들을 위한 수업, '엄마책학교'를 운영합니다. 다 큰 어른이 그림책에서 무얼 배울 수 있을까 생각하는 분도 있겠지만 그림책의 가장 큰 미덕이 위로라는 걸 알고 있기에 수업에 대한 자신이 있었습니다. 수업은 주로 주말 저녁에 열립니다. 엄마들은 자신을 위한 시간이 마련됐다는 사실만으로도 마냥 행복합니다. 남편과 아이를 두고 나오는 게 자주 허용되는 일은 아니니까요. 수업 시간 내내 엄마들은 결혼과 출산 전의 나로 돌아간 듯 홀가분해 보였습니다. 더 나은 엄마가 되겠다는 바람까지 더해 기대감은 더욱 커졌습니다.

엄마라는 공통점으로 다양한 사람이 한자리에 모였습니다. 평균 연령은 대략 마흔 살. 전업주부부터 뮤지컬 배우, 전직 아나운서, 일반 회사원까지 모두 상황은 달랐지만, 자신의 이야기를 조심스럽게 꺼냈고, 엄마라는 공통점에 우리는 서로에 쉽게 공감했습니다.

낯설기만 했던 엄마라는 자리. 나를 견디게 해준 위로의 말을 적어보는 시간을 가졌습니다. 저마다 과거의 기억에서 위로의 말을 찾아냈습니다. 하지만 끝끝내 찾지 못하는 엄마도 있더군요. 한참을 고민하던 엄마는 끝내 탄식하듯 내뱉었습니다. "제가 안됐네요." 힘들었던 순간들을 오로지 혼자서 견뎌왔다는 걸 눈치챌 수 있었습니다. 그 엄마는 무척 괴로워 보였습니다.

소녀 같은 외모를 지닌 한 엄마는 세 아이의 엄마였습니다. 그녀도 마음속에 있던 자신만의 이야기를 꺼냈습니다.

"조금 이른 나이에 세 아이의 엄마가 되니 정말 힘들었어요. 하고 싶은 일도 많았거든요. 근데 제가 정말 힘들었던 건 주변의 반응이었어요. 아이가 셋이라 하면 다들 이렇게 말해요. 대단하다, 힘들겠다. 이상하게 저는 그런 말을 들으면 더 지치더라고요. 그런 건가. 그렇게 내가 힘들게 살고 있나. 그래서 더 나를 꾸미고, 웃고, 힘들지 않은 척 살려 애썼어요. 그런데 얼

마 전 누군가 이런 말을 건네더군요. 참 행복하겠어요. 앞으로는 더 좋을 거예요. 저도 모르게 눈물이 났어요. 아. 맞아. 나 참 열심히 살았어. 앞으로 더 행복할 거야. 왜인지는 정확히 모르겠지만 그 말이 저를 위로해주었어요."

전직 뮤지컬 배우였던 엄마는 등장부터 화려했습니다. 자신의 이야기를 하는 사람에게 눈을 맞춰주고 고개를 끄덕이며 반응해줬습니다. 오랜 무대 경험이 만들어준 자연스러움과 당당함이었는데 그런 반응이 말하는 사람에게 얼마나 큰 격려가 되는지 아는 듯했습니다. 하지만 그런 그녀 역시 힘든 시기가 있었습니다. 출산 후 목에 이상이 생겨 원하는 대로 성대가 작동하지 않았던 겁니다. 그녀는 오랜 고민 끝에 뮤지컬 무대를 포기하기로 했습니다. 담담하게 이야기를 이어가던 그녀였지만 이 대목에서 끝내 목이 메었습니다. 얼마나 힘들었을까. 좋아하는 일을 포기한다는 마음을 무엇으로 견뎌냈을까. 담담하게 그녀는 말을 이어갔습니다.

"그렇게 결정한 제게 엄마가 편지 한 장을 보냈어요. 근데 그 편지 중 한 마디가 제 마음을 다 풀어주었어요. '딸아! 나는 너의 가장 열렬한 팬이었다.' 됐다. 이만하면 충분하다고 생각하게 됐어요."

말하는 그녀도 이야기를 듣는 다른 엄마들도 모두 함께 울었습니다.

수업에 참여한 엄마들이 가장 좋아했던 그림책은《엄마 셋 도시락 셋》이었습니다. 이 책에는 한 아파트에 사는 세 엄마의 다른 듯 닮은 하루가 담겨 있습니다. 하나아파트 205동에 사는 유치원생 아이들이 소풍 가는 날입니다. 정시 출퇴근을 하는 301호 지선 씨도, 프리랜서 작가 202호 다영 씨도, 세 아이의 엄마 101호 미영 씨도 분주한 아침을 맞이합니다. 남편 출근을 돕고, 김밥 도시락을 준비해 아이를 유치원에 보냅니다. 분주함 속에 문득 이런 생각이 듭니다.

"날마다 많은 일을 하지만 때때로 아무 일도 하지 않은 기분이 든다."

이 대목에서 우리 엄마들은 큰 위안을 받습니다. 나만 그런 게 아니구나. 다들 이렇게 열심히 살면서도 뭔가 부족하다는 느낌에 힘들어하는구나. 오늘 '하루'를 잘 살아내는 데 최선을 다하고 있는 엄마들이 현실에 낙담하고 화가 날 때 이 책을 선택하기를 권합니다.

엄마들과의 수업을 진행하다 보면 서로에게 적절한 위로가 필요한 순간들이 있습니다. 그럴 땐 서로의 이야기에 고개를 끄덕이는 것만으로 위로가 됩니다. 울먹이는 누군가를 향해서 우리는 이렇게 말합니다. 지금 최선을 다하고 있으니 그것으로 충분하다고요.

함께 읽어보세요

- 엄마는 좋다 (채인선 글, 김선진 그림, 한울림어린이)
- 엄마의 초상화 (유지연 글·그림, 이야기꽃)

엄마 셋 도시락 셋

국지승 글·그림 | 책읽는곰

저마다 다른 모습으로 아이를 키우는 세 엄마의 이야기입니다. 직장에서도 집에서도 쉴 틈 없는 하루를 보내는 우리 시대 엄마들의 이야기에 위로받습니다. 아마도 동질감 때문이겠지요. 아이에게 미안해하지 않겠습니다. 우리는 모두 최선을 다하고 있으니까요.

속도가 답이 아닌 것을,
왜 늘 잊어버릴까요

나는 강물처럼 말해요

요즘 저는 '엄마의 사춘기'를 겪고 있습니다. 범민이가 다니는 어린이집에서는 매일 아이들의 활동사진을 보내주는데, 배우고, 놀고, 먹는 다양한 사진 중에서도 아이들이 글씨를 쓰는 모습에 유난히 눈길이 갑니다. 범민이 또래 아이들은 이제 제법 연필을 똑바로 잡습니다. 제 이름을 그럴싸하게 쓰는 아이도 눈에 띕니다. 하지만 유독 범민이만은 다섯 손가락으로 연필을 꽉 쥐고는 삐뚤빼뚤 자기 마음대로 지면을 채워나갑니다. 연필을 잡았다기보다는 주먹을 쥔 모습입니다. '그림책 같이 읽는 엄마'로 살며 한글을 알고 모르고는 전혀 문제 될 게 없다고 말하던 저였는데 막상 자신감 있게 혼자 주먹을 쥔 아들의 사진에 속상하고 기가 차 헛웃음이 나곤 합니다.

아이를 키우는 오랜 친구들을 만나도 심란해지긴 마찬가지입니다. 가르치지도 않았는데 네 살에 한글을 떼었다거나 다섯 살 생일이 지나고는 드문드문 문자 메시지를 보낸다는 이야기를 들으면 그런가 보다 싶다가도 마음 한구석에 조바심이 생깁니다. 고백하자면 그 말을 들은 날 한글 익히기 학습지를 샀습니다. 젤리, 사탕, 주스 같은 온갖 미끼를 던진 끝에 간신히 한글 공부를 시작할 수 있었습니다. 그림책을 공부하며 갖게 된 나름의 철학이 있지만, 현실은 그와 너무 다르다는 걸 매번 느낍니다. '엄마의 사춘기'란 게 이런 건가 싶어 민망할 때도 많습니다.

《나는 강물처럼 말해요》는 조던 스콧 시인의 자전적 이야기입니다. 그림책은 생동감으로 가득합니다. 아니, 생동감이라는 단어로는 부족합니다. '거대한 감동의 파도' 정도의 표현은 써야 마땅해 보입니다. 주인공 소년은 자기 생각을 말하는데 어려움을 겪습니다. 그렇다 보니 학교 발표 시간은 공포 그 자체일 수밖에요. 나를 이상하게 쳐다보는 친구들의 표정이 두렵기만 합니다. 소년의 목구멍이 점점 좁아져 갑니다. 부디 말해야 할 일이 없기를 바라며 아침을 맞이한 아이의 표정은 어둡기만 합니다.

불행하게도 오늘은 학교에서 발표를 했습니다. 이번에도 발표는 엉망이었습니다. 뒤틀어진 입술과 일그러진 얼굴을 보며 놀라고 키득거리는 친구들의 모습이 다시 소년을 짓누릅니다. 아빠는 학교를 마친 아이를 데리고 아무 말 없이 강으로 향합니다. 소년의 눈에 눈물이 고입니다. 한참 동안 강물을 바라보던 아버지는 아들을 가까이 끌어당겨 이렇게 말합니다.

"강물이 어떻게 흘러가는지 보이지? 너도 저 강물처럼 말하고 있다."

그 순간 아이는 가만히 강물을 느낍니다. 소용돌이치고 부딪히는 강물과 소년의 눈은 클로즈업되어 반복적으로 교차합니다. 이제 소년은 천천히 강물로 들어갑니다. 소년을 짓누르던 타인의 시선, 비웃음과 조롱, 두려움과 부끄러움에서 드디어 소년은 해방됩니다.

그런 소년의 모습이 네 페이지에 걸친 대문 접지에 묘사되며 그림책은 절정을 이룹니다. 소년은 부딪히고 깨지지만 멈추지 않고 흘러가는 강물을 직시하며 비로소 자기 모습을 바라봅니다. 이제 소년은 친구들을 마주할 자신이 생겼습니다. 잘 듣는 일은 유창하게 말하기보다 어려운 일입니다. 잘 들어온 사람의 말은 소리가 아닌 내공이고, 지혜입니다. 아빠는 아들의 말을 들어주고 존중해줬습니다. 너라는 사람 자체로 충분히 아름답다고 말하고 있었습니다.

생각해보면 저 또한 무언가를 습득하는 데 시간이 많이 필요한 아이였습니다. 반복해서 학습해야 간신히 남들만큼 성과가 나왔으니까요. 특히 몸을 쓰는 일에는 더 그러했습니다. 학창 시절 체육 실기시험을 앞두고 동네 아이들이 모여 함께 연습했습니다. 대부분 조금만 연습하면 능숙해졌지만 저는 늦게까지 혼자 남아야만 했습니다. 깜깜한 밤이 올 때까지 여전히 손과 발이 따로 놀았기 때문이죠. 손목은 퍼렇게 멍이 들고, 손가락은 욱신거렸지만 그래도 여전히 서툴렀습니다. 남들보다 두세 배의 시간이 지나야 비로소 몸이 익숙해지기 시작했습니다. 사람마다 필요한 시간이 다르다는 걸 알게 됐습니다.

그걸 알면서도 유독 내 아이 앞에서는 또다시 조바심을 내는 저를 보게 됩니다. 옆에서 손뼉 쳐주고 지치면 안아주면 되는 일인데 하나부터 열까지 다 해주려고 덤비는 저를 보게 됩니다. 아이에게 필요한 건 부모의 믿음과 고통을 직면할 힘을 주는 것이지 교육이 아니란 걸 다시 한번 생각해봅니다. 세상 모든 부모에게 이 책 《나는 강물처럼 말해요》를 추천하고 싶습니다.

함께 읽어보세요

- 허락 없는 외출 (휘리 그림, 오후의소묘)
- 괜찮을 거야 (시드니 스미스 글·그림, 김지은 옮김, 책읽는곰)
- 삶 (신시아 라일런트 글, 브렌던 웬젤 그림, 이순영 옮김, 북극곰)

나는 강물처럼 말해요

조던 스콧 글 | 시드니 스미스 그림 | 김지은 옮김 | 책읽는곰

말하고 싶지만 말을 할 수 없는 소년은 강물을 바라봅니다. 굽이치고 부서져도 쉼 없이 흐르는 강물을 보며 내면의 상처를 스스로 치유해나갑니다. 작가의 자전적 이야기가 우리에게 강물처럼 말을 건넵니다.

Chapter 2

너를 사랑하는 게
나의 유일한 일이었지

아이와 읽으며 새롭게 알게 된 책

너를 사랑하는 게
나의 유일한 일이었지

아이와 읽으며 새롭게 알게 된 책

언제나 너를 기다릴게, 여기서

우리는 언제나 다시 만나

텅 빈 아이 방 침대에 엄마가 혼자 앉아 있습니다. 어쩐지 울적해 보이는 표정에서 아이의 빈자리를 보며 허전함을 느끼는 엄마의 마음이 고스란히 드러납니다.

아이가 세상에 나온 지 일 년이 되어갈 즈음 이 책을 처음 만났습니다. 책을 보는 내내 시큰하게 눈물이 달아올랐지요. 몇 번이나 눈물을 훔쳤는지 모릅니다.

아이를 낳고 일 년 가까이 제 마음은 정상이 아니었습니다. 쉽게 울었고, 화가 났고, 걱정은 과했습니다. 모든 게 예전 같지 않더군요. 예전에 알지 못했던 행복을 느끼면서도 거대한 책임감에 늘 시달렸습니다. 어려웠습니다, 모든 게. 아이가 얼른 자랐으면 하는 마음만 가득했고, 머릿속도 마음도 복잡했습니다. 그 무렵 이 책《우리는 언제나 다시 만나》를 읽었습니다. 그리고 비로소 나조차 몰랐던 내 마음을 들여다볼 수 있었습니다.

아이를 키우는 초보 엄마의 일상으로 책은 시작됩니다. 오직 엄마만 바라보고 엄마만 찾는 아이를 둔 엄마에게는 자신만의 시간이란 없습니다. 쓰레기를 버리러 잠깐만 사라져도 세상을 잃은 것처럼 울어대는 아이, 화장실 문을 활짝 열어두고 볼일을 보는 습관도 이때부터 시작됐습니다. 엄마는 울고 있는 아이를 달래며 말합니다.

"아가, 우리는 언제나 다시 만나."

어느덧 아이가 꽤 많이 자랐습니다. 아이는 이제 어린이집에 다니기 시작합니다. 가기 싫다며 버스 앞에서 온 힘을 다해 울부짖는 아이를 어렵게 외면해봅니다. 억지로 뒤돌아서는 엄마의 표정은 복잡하기만 하네요. 엄마는 속으로 되뇝니다.

'우리는 언제나 다시 만나.'

얼마의 시간이 더 흘렀음을 그림책 속의 배경으로 짐작해봅니다. 이제 아이는 엄마 품을 벗어나 캠핑을 떠나기도 하면서 자신만의 세계를 만들어가기 시작합니다. 아이가 없는 빈 방에 덩그러니 앉아 있는 엄마의 표정이 아직도 선합니다. 아이는 엄마가 없는 세상에 점점 익숙해지고 있는데, 반대로 엄마는 아이가 없는 시간이 크게만 느껴집니다. 어엿하게 엄마 품을 떠난 게 대견하면서도 서운하고 서글픈 마음이 고개를 듭니다. 엄마는 혼자서 속삭입니다.

"언젠가 네가 엄마의 곁을 오랫동안 떠날 날이 오겠지? 그래도 엄마는 괜찮아. 우리는 언제나 다시 만날 테니까."

저는 이 말이 엄마 자신에게 하는 다짐이라 느꼈습니다.

그래도 괜찮아야 해. 괜찮지 않을 테지만, 괜찮아야 해.

범민이는 우리 나이로 세 살 때부터 기관 생활을 시작했습니다. 처음에는 한 발짝도 움직이지 않겠다고 아침마다 떼를 썼지요. 우는 아이를 간신히 달래 등원시키는 건 고역이었습니다. 아이뿐 아니라 저 역시 처음으로 아이와 나의 심리적 탯줄을 끊어내는 게 익숙하지 않았습니다.

다행히 둘째 주는 조금 나아졌고, 한 주가 더 지나니 더 편안했습니다.

그리고 한 달이 지났습니다. 범민이는 가끔 어린이집이 재미있다고도 말했습니다. 어느 날부터는 하원하며 선생님에게 손을 흔들어줄 여유가 생겼고, 엄마를 놓칠세라 꼬옥 붙잡고 있던 손에도 바람이 통하기 시작했습니다. 하루는 온갖 색을 칠한 만들기 작품을 소중히 안고 폴짝 뛰어내리더니 '큰 버스'

를 직접 만들었다고 자랑하기도 했습니다. 엄마가 없어도 잘 지낼 수 있었던 자신이 대견했던 모양입니다. 그런 날은 다행이다 싶으면서도 가슴 한편이 묘하게 허전했습니다.

"그래도 엄마 보고 싶었지?"

괜히 아이에게 묻곤 했습니다.

이 책을 보며 애착이 사라진 뒤의 허망함을 가늠해보았습니다. 부모와 자식 사이에도 이별의 순간이 있다는 걸 기억하려 했습니다. 사춘기 반항이 찾아와도, 엄마보다는 친구를 더 좋아한다고 해도, 부모의 조언 따위는 건성으로 듣는 진로 고민의 시기에도, 어릴 적 엄마를 바라보던 눈빛으로 애인을 바라본다 해도 슬퍼하지 않겠다고 다짐했습니다.

지금과 같은 밀착의 시간이 그리 오래 남지 않았음을 이 책을 읽고 알게 됐습니다. 가끔은 아이와의 이별을 떠올려 보기도 하는데요, 그러고 나니, 부모여서 느꼈던 책임과 부담이 예전만큼 무겁지만은 않더군요. 엄마와 아이의 관계를 한 발짝 떨어져 바라볼 수 있는 여유가 생긴 듯합니다. "그래도 그때가 제일 좋은 때다"라고 말하는 육아 선배들이 얄밉게 느껴질 만큼 누군가의 경험에 기대는 것도 마뜩잖은 초보 엄마라면, 이 책을 펼쳐보시길 바랍니다. 제가 그랬던 것처럼, 견디어 나갈 힘이 되어줄 거라 믿습니다.

함께 읽을 아이가 있다면 이야기를 나눠보세요

- 엄마와 떨어져 있을 때 너의 마음은 어때?
- 너와 떨어져 있을 때 엄마는 뭘 하고 있을까?

일과에 대해 미리 이야기를 나누면
아이의 불안을 줄여나갈 수 있습니다.

함께 읽어보세요

- 엄마 얘기 좀 들어 보렴! (박향미 글, 에바 알머슨 그림, 린다 리 옮김, 서우미디어)
- 너 그거 아니? (밀렌 비뇨 글, 모드 로지에 그림, 김희정 옮김, 청어람아이)
- 엄마는 너를 위해 (박정경 글, 조원희 그림, 낮은산)

우리는 언제나 다시 만나

윤여림 글 | 안녕달 그림 | 위즈덤하우스

엄마가 잠깐만 안 보여도 불안해하던 아이가 어느새 훌쩍 자랐습니다. 아이는 유치원 캠프를 떠났고 그사이 엄마는 지난날을 돌이켜봅니다. 어느새 아이도 엄마도 훌쩍 자랐더군요. 그렇다 해도 아이에 대한 엄마의 사랑은 처음과 다름이 없습니다. 우리 엄마들의 마음을 들여다보는 그림책입니다.

네가 나를 찾아온 그 순간부터
엄마는 사랑에 빠졌지

네 심장이 콩콩콩

2016년 겨울밤. 그날도 야식으로 만두를 쪄먹고는 죄책감에 운동을 하고 있었습니다. 남편은 임신테스트기를 사 들고 퇴근했습니다. 별 기대는 없었습니다. 그런데, 예상치 못한 상황을 맞게 되었지요. 선명한 두 줄. 두 줄이 뭐였지? 당황한 마음에 급하게 포장지를 살펴봤습니다.

임신이었습니다.

한동안 움직일 수조차 없었습니다. 당황한 건 남편도 마찬가지였고요. 몇 차례나 왜 장난을 치냐며 핀잔을 주다가 테스트기를 보여주니 코를 훌쩍이며 눈물을 닦더군요.

임신 초기는 막연히 예상했던 것보다는 덜 힘들었습니다. 저는 병원에 다니며 주의사항을 숙지했고, 남편에게 약간 과장하여 제 상황을 전했습니다.

"절대 안정을 취해야 한대."

"스트레스 받으면 안 된다는데."

실은 나에게 더 잘하라는 뜻이었을 겁니다. 몸살에 걸린 듯 몸이 좀 무거웠지만 예정된 스케줄을 소화하는 데는 별 무리가 없었습니다.

그러던 어느 날, 방송을 준비하던 중 처음엔 식은땀이 조금 나는 것 같더니, 숨이 가빠지고 순식간에 눈앞이 깜깜해졌습니다. 감당하기 어려운 어지럼증에 결국 저는 픽 쓰러지고 말았습니다. 현장에 있던 동료들이 저를 흔들어 깨웠습니다. 바로 정신을 차렸지만 내 몸이 달라지고 있다는 걸 처음으로 느꼈습니다. 입덧과 임신의 고통도 이때부터 시작됐지요. 아무것도 먹지 못하는 날이 많아졌습니다. 조금만 걸어도 어지러웠고 마트건 카페건 가리지 않고 주저앉는 일이 잦아졌습니다. 언제 쓰러질지 모르니 친정엄마나 남편 없이 외출할 자신도 없었고요. 그렇지 않아도 마른 체형인데 살이 더 빠져 피골이 상접하다는 말이 어울릴 정도였습니다. 지금도 누군가 왜 둘째를 낳지 않느냐고 물으면 저는 임신 기간을 다시 견딜 자신이 없어서라고 답합니다. 그만큼 아기를 품는 시간이 힘들고 길었거든요.

이렇게 힘든 과정을 거쳐서일까요. 저는 범민이에게 때와 장소를 가리지 않고 열정적으로 애정 표현을 합니다. 네 살쯤 되니 범민이는 하루에도 몇 번씩 제게 묻습니다.

"엄마 나 얼마큼 사랑해?"

매번 같은 질문에, 제 대답도 늘 같습니다.

"이 세상에서 최고~ 제일~ 많이~ 사랑하지."

최대한 과장과 정성을 담아 애정을 표현합니다. 아이는 안정과 안도를 느끼는 동시에 '그럼 그렇지!' 하는 자신감 넘치는 표정이 됩니다. 충만한 아이의 표정을 바라보는 게 즐겁습니다. 이때가 아니면 또 언제 엄마의 사랑이 이만큼이나 크다는 간지러운 표현을 기다릴까요. 이때다 싶어 달려들 뿐입니다. 열 번도 스무 번도 귀찮지 않습니다.

그림책 《네 심장이 콩콩콩》은 우리 아이와 같은 질문으로 시작합니다.

"엄마! 엄마는 언제부터 날 사랑했어요?"

"네가 엄마 배 속에 생겼다는 걸 알았을 때부터."

"어떻게 내가 생겼다는 걸 알았어요?"

~~~~~~~~~~~~~~~~

“엄마 나 얼마만큼 사랑해?”라고
범민이가 물을 때면 이 책을 읽어줍니다.
그리고 네 심장이 콩콩콩 뛰던 그 순간부터
너를 사랑할 수밖에 없었다고 다시 한번 고백합니다.
매일같이 하고 또 해도 지겹지 않은 진실한 고백입니다.
~~~~~~~~~~~~~~~~

"네 심장이 콩콩콩 뛰는 소리를 들었거든."

엄마와의 연결고리인 탯줄을 가장 먼저 잡은 특별한 아이와의 만남으로 그림책은 시작됩니다. 아이와 함께 새로운 계절을 맞고, 일상의 평범한 소리를 듣고, 움직임에 노래로 화답하며 그렇게 엄마와 아이는 함께 자라났습니다. 이 책은 그 아름다웠던 시간을 돌아보게 해줍니다. 고운 빛깔의 천 위에 알록달록한 색실로 수놓아져 있는 장면은 모두가 개별적인 작품처럼 느껴집니다. 계절과 아이의 성장에 따라 그림은 아름답게 변해갑니다.

지금 우리 아이의 몸짓과 표정을 덧붙여 상상해보니 이 책이 더욱더 사랑스럽습니다.

'범민이는 내 목소리를 들었을까?'

'쓰다듬는 내 손길을 느꼈을까?'

궁금해집니다.

저 역시 콩콩콩 뛰는 아이의 심장 소리를 들었을 때부터 제 마음속 어딘가에 있었던 엄마의 사랑이 속도를 냈던 것 같습니다. 배가 불러오기도 전부터 양손으로 아랫배를 감싸고 있었거든요. 산소가 부족함을 느껴 픽 주저앉을 때도, 화장실에 앉아 눈물 콧물을 쏙 빼고 있을 때도 제 손은 아이가 자리 잡고 있을 곳을 만지며 지키고 있었습니다.

제가 힘들었던 만큼 우리 아기도 세상에 나오기까지 힘든 시간을 견뎠겠지요. 함께 그 시간을 이겨냈기에 우리는 이렇게나 좋은가 봅니다.

"엄마 나 얼마만큼 사랑해?"라고 범민이가 물을 때면 이 책을 읽어줍니다. 그리고 네 심장이 콩콩콩 뛰던 그 순간부터 너를 사랑할 수밖에 없었다고 다시 한번 고백합니다. 매일같이 하고 또 해도 지겹지 않은 진실한 고백입니다.

함께 읽을 아이가 있다면 이야기를 나눠보세요

- 우리는 언제부터 서로를 사랑했을까?

배 속에 있던 아이를 처음 만날 그날,
그 순간에 대해 말해주세요.

함께 읽어보세요

- 엄마와 복숭아 (유혜율 글, 이고은 그림, 후즈갓마이테일)
- 숨 (노인경 그림, 문학동네)

네 심장이 콩콩콩

김근희 글·그림 | 한솔수북

잉태부터 출산까지, 엄마와 아이의 소중한 여정이 담긴 그림책입니다. 부모 자식으로 만난 인연에 대해 다시 한번 생각해볼 수 있게 해줍니다. 육아에 지친 엄마들에게 추천하고 싶고요, 출생에 대해 궁금해하는 아이들에게도 도움이 됩니다.

믿어도 좋아,
너는 존재 자체로 완전하단다

작은 조각

EBS 라디오에서 상담프로그램을 몇 년 동안 진행하며 유명한 상담사 선생님들을 많이 만나볼 수 있었습니다. 가장 인상적이었던 분은 오랜 시간 아동심리상담센터를 운영하며 아이들을 만나온 백종화 선생님이었습니다. 선생님은 어떤 사연에 대한 답도 단정적으로 표현하지 않는 분이었습니다. "분명히 그렇다"고 말하기보다는 "그럴지도 몰라요"라는 표현을 주로 썼고, "치료를 받아야 해요" 대신 "전문가를 만나 보시길 권해요"라는 식으로 표현했습니다. 자신의 권위를 의식해 좀 더 확신에 찬 표현을 쓰는 분들과는 달리 무척 신중하고 조심스러운 접근법이었습니다.

궁금하던 차에 선생님에게 직접 물어봤습니다.

"선생님, 왜 더 확정적인 표현을 쓰지 않으세요?"

"아, 제가 그런가요? 모든 아이는 다 다르거든요. 아무리 긴 시간 쌓아온 데이터라 해도 사연만으로 확신하는 것은 위험해요. 같은 기질의 아이라도 엄마, 아빠의 양육 태도가 다르고, 가정환경이 다르기에 단 한 케이스도 같은 것은 없어요. 그리고 이게 방송이니까 더욱 조심해야 해요."

그뿐만이 아닙니다. 선생님은 PD와 게스트, 진행자, 막내 작가까지 모두에게 같은 표정과 태도를 취했습니다. 나이 어린 친구들에게도 똑같은 존중을 표현했습니다. 아무리 이른 시간이라도 늘 정돈된 모습이었고 30년 넘는 경력에도 배움에 게으르지 않았습니다. 진짜 고수는 다르다는 걸 선생님을 보고 느꼈습니다.

백종화 선생님이 상담의 고수라면 오늘 소개할 작가 레오 리오니는 그림책 분야의 거장입니다. 레오 리오니는 쉰이 넘어서야 첫 그림책을 펴낸 늦깎이 작가입니다. 손자들과 기차를 타고 여행을 하던 중 아이들을 위해 종이로 무언가를 만들고 거기에 이야기를 입힌 게 시작이었지요. 사랑하는 손자들을 위한 그림책 작업이 지금의 그를 만들어낸 것입니다. 이처럼 고수의 시작은 어쩌면 그렇게 거창하지 않을지도 모릅니다.

저는 레오 리오니의 작품 중에서 《작은 조각》이란 작품을 제일 좋아합니다. 이 책의 주인공 '하나'는 진짜 나를 찾고 싶어 모험을 떠납니다. 자신이 작고 볼품없게만 느껴져 진짜 내가 누구인지 알아보겠다 마음을 먹었거든요. 다른 친구들이 잃어버린 일부일 것만 같아 몸체를 찾아 떠납니다. 어딘가에 있을 자신의 몸체를 찾아 떠돌아다니면서 긴 모험 끝에 '하나'는 깨닫습니다. 작고 부족해도 우리는 그 자체로 완전히 독립된 존재라는 것을요. 누군가의 인정, 칭찬도 물론 중요하지만 결국 가장 중요한 건 내 안의 진짜 나라는 걸 알아가는 과정이 담담하게 그려져 있습니다.

이 작품은 얼핏 보기에는 단순해 보입니다. 하지만 그 단순한 구조 안에 유머와 감동, 깨달음까지 모두 담겨 있습니다. 작가는 작품을 통해 멋을 내거나 무게를 잡으려 하지 않지만 그런데도 우리는 작가의 내공을 쉽게 알아챌 수 있습니다. 주머니 속 툭 튀어나온 송곳처럼 고수는 무언가 달라도 다르고, 내색하지 않으려 해도 티가 나나 봅니다.

작품 속 '하나'처럼 범민이도 수줍음이 많은 아이였습니다. 무척 신중하고 조심스러운 성격이 걱정되기도 했죠. 그래서 저는 범민이에게 태권도를 배우게 했습니다. 있는 힘껏 소리를 내고, 자신이 가진 힘을 과신하고, 때로는 스스로 슈퍼 파워를 가진 영웅으로 느끼는 착각도 필요하다 생각했지요. 하지만 소심한 범민이는 태권도를 좋아하지 않았습니다. 기합 소리와 절도 있는 몸짓이 아이에겐 무섭게 느껴졌던 모양입니다.

다행히 몇 번의 설득 끝에 범민이는 용기를 내기로 했습니다. 태권도장에 나가기로 한 거죠. 처음에는 겁먹고 눈치를 보고 힘들어했지만 이제는 달라졌습니다. 자신이 낼 수 있는 가장 힘찬 목소리로 출석 체크를 하고, 가장 높이 손을 들어 격파 시범을 해보겠다고 나서기도 합니다. 옆에서 있는 힘껏 목소리를 내며 응원해주는 엄마와 할머니 덕에 범민이는 더욱 용기를 내고 있는지도 모릅니다.

자신감을 장착한 범민이는 태권도를 배웠으니 이제 엄마를 지켜주겠다는 말을 자주 합니다. 막연하게 자신의 힘을 믿게 된 지금의 감정을 아이가 오랫동안 기억하길 바랍니다.

함께 읽을 아이가 있다면 이야기를 나눠보세요

- 너는 어떤 아이일까?
- 스스로가 마음에 들지 않을 때는 언제일까?
- 완전한 너를 구성하는 조각들은 무엇일까?

'나'를 설명하는 단어를 모아
완전한 나를 만드는 활동을 함께 해보세요.

함께 읽어보세요

- 평범한 식빵 (종종 글·그림, 그린북)
- 그래도 나는 (김주경 글·그림, 봄별)

작은 조각

레오 리오니 글·그림 | 이미림 옮김 | 분도출판사

자신을 작게만 여기는 주인공이 자신의 정체성을 찾아 나가는 이야기입니다. 비록 연약하더라도 우리는 모두 독립된 완전체임을 깨닫게 해주는 작품이라 아이들의 자존감을 높이는 데 도움이 됩니다.

아이는
다 알고 있다

크리스마스의 기적

부쩍 말이 늘어가는 아이를 보며 웃는 일이 많아졌습니다. 이런 말을 어디서 배웠을까 어처구니가 없어 웃고, 기특해 웃고, 저와 남편의 말 습관이 그대로 배어 나와 머쓱한 마음에 웃기도 합니다. 뭉개진 발음으로 옹알옹알 제 말을 해 나가는 아이가 기특하다가도 의아한 눈으로 바라보게 되는 순간도 있습니다. '얘는 어디까지 알고 있을까?' 이런 생각이 들면 때로는 무섭기도 하지요.

계란 스크램블이 말랑하게 잘 요리되었던 어느 날입니다. 범민이가 케첩을 달라더니 잘라 놓은 스크램블을 손으로 집어

케첩에 찍어 먹었습니다.

"으~음 부드러워."

맛을 평가하고는 이내 어른스러운 표정으로 묻습니다.

"우유 넣었어?"

스크램블에 우유를 넣는 걸 아이가 어떻게 알았을까요? 아마도 엄마 아빠가 "스크램블에 우유 넣자, 그래야 부드러워"라고 주고받은 이야기를 기억했나 봅니다. 기억조차 희미한 어느 찰나를 아이는 머리로 기억하고 언어로 표현하는 것 같습니다. 어디까지 알고 있을까? 어디까지 알아들었을까? 이런 순간마다 아이와 함께했던 시간을 복기해봅니다. 그러면서 혹여 아이가 듣지 말아야 할 말을 범민이 앞에서 무심코 한 적은 없었는지 절박한 마음으로 되짚어 보기도 합니다.

그러고 보면 저 역시 어린 시절 집안의 사정을 제법 파악하고 있었던 것 같습니다. 집안 내 권력관계. 그달의 가계 상황. 누가 집안의 자랑이고 골칫덩어리인지 같은 소소하지만 내밀한 정보들까지도요. 무심코 나오는 엄마의 혼잣말, 부모님의 대화, 친척 어른들과의 이야기를 들으며 어렵지 않게 많은 것을 파악할 수 있었습니다. 물론 아는 척을 하지는 않았습니다.

때로는 '나'에 대한 부모님의 생각을 엿들을 때도 있었습니다. 아빠는 종종 엄마에게 이런 말을 했습니다.

"저 녀석을 안 낳았으면 어쩔 뻔했어. 저 녀석이 성질은 불같아도 큰 애보다 정이 많아."

아빠의 이 말을 엿듣고 제가 파악한 정보는 다음과 같습니다.

- 어쩌면 나는 세상에 못 나왔을 수도 있었겠구나.
- 아빠는 앞에서나 뒤에서나 똑같이 나를 사랑하는구나.
- 나는 부모에게도 성질이 뾰족한 자식이구나.
- 엄마와 내가 부딪히고 나면 아빠가 뒤에서 나를 도와주는구나.
- 엄마는 나보다 언니에 대한 애정이 훨씬 깊구나.

엄마와 아빠의 생각을 어렴풋이 파악해가며 엄마한테 조금 서운한 마음이 든 것도 사실입니다. 그래서 자꾸만 엄마의 사랑을 확인해보고 싶어지더군요. 실제 아픈 것보다 조금 더 아픈 척을 해서 엄마의 사랑을 시험해보기도 했고, 이렇게까지 해도 나를 용서해줄지 더 마구잡이로 굴어보기도 했습니다. 참 못난 생각과 행동이었지요. 하지만 그 시절을 겪으며 저는 한 가지 다짐을 했습니다. 나중에 엄마가 되면 아이가 의심하지 않도록 최선을 다해 사랑을 표현해야겠다고요.

그림책《크리스마스의 기적》의 주인공은 속 깊은 아기 곰입니다. 아기 곰은 엄마 아빠의 대화를 들으며 가정 형편이 어렵

부모라고 해서 강인한 모습만 보여줄 필요는 없다고 생각합니다.
어렵고 힘든 상황을 아이에게 숨기지 않고 터놓고,
아이가 가족의 일원으로 제 몫을 하는 것만으로도
부모에게 큰 힘이 될 수 있다는 걸 알아채게 하는 것도 중요합니다.
부모가 지양해야 할 모습은 '나약함'이 아니라 '불행함'입니다.

다는 사실을 알게 됩니다. 엄마 아빠가 마음과 달리 크리스마스 선물조차 준비하지 못했다는 것도 알게 되지요. 아기 곰은 가족들 몰래 특별한 크리스마스 선물을 준비합니다. 그리고 선물을 준비하지 못해 미안해하는 아빠에게 위로를 건넵니다.

"아빠, 산타할아버지는 우리를 잊지 않을 거예요. 너무 걱정하지 마세요."

크리스마스 아침이 밝았습니다. 아기 곰이 산타 할아버지를 대신해 몰래 준비한 선물이 도착해 있었습니다. 아빠가 잃어버린 모자, 엄마의 떨어진 단추, 누나의 우산, 형의 장난감, 거기에 아기 곰의 장갑까지. 값나가는 물건은 아니었지만, 가족 모두에게 꼭 필요한 선물들이었습니다. 값비싸고 좋은 선물을 받아야 행복한 크리스마스일까요? 아이들과 나눠볼 이야기가 많은 책입니다.

어른들 생각보다 우리 아이들은 속이 깊습니다. "학원비 걱정 말고 넌 공부나 해"와 같은 말은 우리 아이들의 수준을 너무 낮게 보고 하는 말일지도 모릅니다. 때로는 부모의 어렵고 힘든 상황을 아이들에게 터놓을 필요도 있지 않을까요. 저도 요즘 범민이에게 이런 말을 자주 합니다. "범민아 오늘은 엄마가 너무 힘드니까 좀 도와줄래?" 범민이는 그 어느 때보다 환히 웃으며 저의 청을 다 들어주더군요. 그런 날이면 어느새 대화 파트너로 성장한 범민이가 무척 자랑스럽게 느껴집니다.

부모라고 해서 강인한 모습만 보여줄 필요는 없다고 생각합니다. 어렵고 힘든 상황을 아이에게 터놓고, 이야기해 가족의 일원으로 제 몫을 하는 것만으로도 부모에게 큰 힘이 될 수 있다는 걸 아이가 알아채게 하는 것도 중요합니다. 부모가 지양해야 할 모습은 '나약함'이 아니라 '불행함'입니다.

함께 읽을 아이가 있다면 이야기를 나눠보세요

- 요즘 우리 가족이 제일 힘들어 보였던 때는 언제였을까?
- 우리 가족에게 필요한 선물을 떠올려보자.
- 꼭 새로 사지 않아도 건넬 수 있는 선물은 뭐가 있을까?

아이에게 부모를 도와줄 수 있는 방법을 구체적으로 알려주세요.
가족에게 도움이 되었다는 효능감은 아이의 성장에 큰 도움이 됩니다.

함께 읽어보세요

- 이보다 멋진 선물은 없어 (패트릭 맥도넬 글·그림, 신현림 옮김, 나는별)
- 아빠 셋, 꽃다발 셋 (국지승 글·그림, 책읽는곰)
- 커다란 크리스마스 트리가 있었는데 (로버트 배리 글·그림, 김영진 옮김, 길벗어린이)

크리스마스의 기적

천 츠위엔 글·그림, 고정아 옮김 | 미래아이(절판)

어려운 가정 형편이지만 엄마 곰과 아빠 곰은 아이들을 위해 아름다운 크리스마스를 만들어주고 싶습니다. 눈치 빠른 아기 곰은 엄마 아빠의 힘든 사정을 이미 알고 있습니다. 엄마 아빠의 고민을 함께 나누고 싶었던 아기 곰 덕분에 크리스마스의 기적이 펼쳐집니다.

하기 싫으면 안 하면 되지

더우면 벗으면 되지

현관문에서 범민이의 힘찬 외침이 들려옵니다. '아, 남편이 집에 왔구나.' 소리만으로 알 수 있습니다. 아빠만 보면 범민이는 젖 먹던 힘을 다해 큰소리를 치며 슈퍼히어로로 변신하거든요. 범민이가 아빠를 의식하는 마음은 유별납니다. 아빠 와인 잔을 유심히 살피더니 자신의 컵으로 건배를 제안하기도 하고, 아빠 와인 냉장고에 자신의 음료수를 넣기도 합니다. 아빠가 즐겨 부르는 90년대 가요를 구성지게 부르고 머리 스타일과 의상을 따라 하기도 하지요. 저는 그 모습이 좋습니다. 습관적으로 책을 손에 들고 있는 아빠를 바라보다 그림책 한 권을 가져와 같은 자세로 책을 펼칠 때 특히 그렇습니다.

저희 가족은 매일 밤 잠들기 전 '발표 시간'을 갖습니다. 남편과 아이가 레고를 만들고 심판은 제가 맡지요. 서로의 작품을 설명하고 승부를 가리는 우리끼리의 놀이입니다. 아이가 워낙 좋아하다 보니 하루도 건너뛰는 법이 없습니다. 놀이의 승자는 언제나 범민이입니다. 혹여 아빠가 이기기라도 하면 세상 서럽게 울고 잠자기를 거부하기 때문이지요.

매일 밤 레고를 만들다 보면 아이의 번뜩이는 아이디어가 반영된 작품에 놀랄 때도 있습니다. 어느 날은 '뇌'를 만들었다며 "뇌는 생각 주머니이고, 그 안에 우리 가족의 행복한 추억을 담았다"고 하더군요. 매일 하는 놀이 속에서 아이가 또 한 뼘 성장한 것 같아 뿌듯한 마음이 들곤 합니다.

이 놀이가 끝나면 침대에 누워 아이와 책을 읽으며 하루를 마무리합니다. 요시타케 신스케의 《더우면 벗으면 되지》는 반드시 아빠가 읽어줘야 하는 그림책입니다. 아빠가 범민이에게 선물한 책이거든요. 어느 날 범민이가 회사에서 일하는 아빠에게 전화를 했습니다. "아빠! 작은 책 사다 주세요." 범민이가 아빠에게 작은 판형의 책을 요구했습니다. 예전에 가방 속에 그림책을 넣으려고 했지만 크기가 맞지 않아 포기했던 적이 있었거든요. 아이의 청을 거절할 수 없었는지 남편은 비를 뚫고 서점에 들러 이 책을 사왔습니다. 가족이 함께 책을 자주 보아서인지 이제 그림책도 제법 잘 골라옵니다. 상상력의 천재라 불리는 작가의 작품을 골라온 남편은 책 내용이 정말 좋다며 무척 만족스러운 표정으로 들어오더군요.

그날부터 남편과 아이는 이 책을 매일 밤 읽습니다. 이 책에는 어른들도 무릎을 칠 만한 질문과 답이 가득 담겨 있습니다. 글자를 읽을 줄 모르는 범민이지만, 아빠의 질문을 듣고 작가의 의도에 맞는 답을 맞추기도 합니다. 이 책을 읽으며 범민이와 남편이 주고받는 대화 몇 가지만 살펴볼까요.

질문: 손 하나 까딱하기도 힘들 만큼 피곤하면?

답: 자!

(양치질도 건너뛰고 그냥 자면 되지.)

질문: 소중한 사람을 잃어서 슬프면 어떻게 하지?

답: 다른 친구랑 놀아.

(마음껏 슬퍼한 뒤 다른 소중한 친구를 만들면 되지.)

요시타케 신스케의 작품은 누구나 한 번쯤 궁금했을 법한 호기심을 다룹니다. 그러면서 세상의 편견과 잣대에 질문을 던지지요. 처음에는 이상합니다. 너무 쉽게 생각하는 것 아닌가? 이렇게 편하게 살아도 되는 건가? 하지만 책을 덮을 때쯤 깨닫게 됩니다. 사실 답을 알지 못해도 별문제가 없다는 것을요.

모든 일이 내 마음대로 될 수는 없겠지만 결국 그 일을 대하는 나의 태도가 중요할 겁니다. 요시타케 신스케는 이 중요한 이치를 아무것도 아니라는 듯 명쾌하고 단순하게 풀어냅니다. 남편과 아들 역시 질문과 답을 이어가며 자기들끼리 낄낄거립니다. 작가가 전하는 독서의 쾌감을 만끽하는 것이지요.

범민이가 과하게 자신을 옭아매지 말고 요시타게 신스케의 작품에 나오는 친구들처럼 자유롭게 살아가기를 바랍니다. 늘 문제를 해결해줘야 하는 어른의 자리가 버거운 분들에게도 이 책을 추천하고 싶습니다. 그림책을 보며 낄낄거리는 남편과 아들의 웃음소리 옆에서 슬며시 잠이 드는 날이 점점 많아집니다.

함께 읽을 아이가 있다면 이야기를 나눠보세요

- 작은 책이 큰 책보다 좋은 이유는 뭘까?
- 네가 그림책을 쓰는 작가라면 친구들에게 어떤 이야기를 해주고 싶어?
- 일하느라 힘든 어른들이 행복할 방법은 뭘까?

부모가 사랑을 느끼는 순간도 함께 말해주세요.

함께 읽어보세요

- 나도 모르게 생각한 생각들(요시타케 신스케 글·그림, 고향옥 옮김, 온다)
- 이게 정말 뭘까?(요시타케 신스케 글·그림, 김정화 옮김, 주니어김영사)
- 이유가 있어요(요시타케 신스케 글·그림, 권남희 옮김, 주니어김영사)

더우면 벗으면 되지

요시타케 신스케 글.그림 | 양지연 옮김 | 주니어김영사

간결한 그림과 위트 있는 메시지가 복잡했던 마음과 머리를 가볍게 합니다. 더 참고, 더 견디는 것만이 답은 아니라고 때로는 불성실하고 정직하지 않아도 괜찮다고 말합니다. 나이를 불문하고 누구나 갖고 있는 고민. 그것을 해결하는 것보다는 나의 태도를 바꾸는 게 훨씬 더 즐겁고 쉽습니다. 무거운 책임감과 삶의 고달픔으로 힘겨운 어른들에게 큰 힘이 되어줄 겁니다.

아이가
거는 마법

착한 엄마가 되어라, 얍!

작년 초 시작된 코로나바이러스는 우리의 일상을 집어삼켰습니다. 초기만 해도 바이러스가 쉽게 잡혀가는 듯했지만, 갑작스럽게 확진자와 사망자가 늘어나며 공포가 사회를 지배하기 시작했습니다. 카페, 식당, 거리는 텅텅 비어갔습니다. 남 걱정할 때가 아니었습니다. 저 역시 작은 공간을 운영하는 자영업자였던 터라 잠이 쉬이 오지 않더군요. 준비해두었던 모든 수업을 취소하고 환불 처리를 했습니다. 이동과 접촉이 두려운 분들에게 수강료 얼마 때문에 불안을 감수하라고 할 수는 없었으니까요. 규정과 관계없이 원하는 모든 분에게 수업료를 돌려드렸습니다.

코로나가 언제까지 이어질지 몰라 신경이 날카로워져 있던 그 무렵 범민이마저 아프기 시작했습니다. 콧물로 감기 조짐을 보이더니 결국 열감기가 왔고 열은 온종일 떨어지지 않았습니다. 범민이는 고열에 축 처져 있었고 저는 밤을 새워가며 미온수 마사지를 해줬습니다. 새벽 무렵 마른 입술로 쌕쌕 숨을 쉬며 힘들게 잠든 아이 옆에 앉았는데 때마침 그림책 한 권이 눈에 띄었습니다. 책의 제목은《착한 엄마가 되어라, 얍!》이었습니다.

'아이들이 생각하는 착한 엄마는 뭘까?'라는 궁금증으로 책을 펴봤습니다. 착한 엄마의 조건은 다음과 같더군요.

- 귀가 커서 내 이야기를 잘 들어주는 엄마.
- 눈이 밝아서 내가 원하는 건 뭐든지 알아맞히는 엄마.
- 입이 커서 하하 호호 잘 웃어주는 엄마.
- 안기면 푹신푹신 기분이 좋은 엄마.
- 요리도 잘하고 착한 동생도 많이 낳아주는 엄마.

사실 엄마 잔소리는 어느 집이나 고만고만할 거예요.
"너 자꾸 이럴 거야?"
"엄마가 그러면 안 된다고 했어, 안 했어?"

"코 좀 그만 파고!"

"밥은 왜 또 남겼어?"

그림책에서 아이는 엄마가 나빠지려 할 때마다 주문을 겁니다.

"수리수리 마수리 착한 엄마가 되어라, 얍!"

현실 엄마와 마법에 걸린 초현실의 엄마 모습이 선명하게 대비되고 자연스럽게 그렇다면 나는 어떤 엄마인지 한 번쯤 돌아보게 도와줍니다. 물론 그림책과 현실은 다를 수밖에 없습니다. 언제나 좋은 엄마가 되는 건 불가능한 일에 가깝지요. 하지만 괜찮습니다. 착한 엄마가 되라는 주문을 연달아 외치던 아이도 이렇게 말을 해주니까요.

"어쩌면 우리 엄마는 착한 엄마가 아닐지도 몰라요. 그래도 난 우리 엄마가 좋아요. 그냥 좋아요."

그러고 보니 오늘처럼 아이가 아픈 날에는 저도 세상에 없는 착한 엄마가 되어주곤 했네요. 뭐든 "그래, 그래" 아이 이야기를 들어주고, 말하지도 않은 아이의 마음을 알아맞히며 기운을 북돋아 주려 애를 씁니다. 평소에는 무거워서 잘 안아주지 못했는데 번쩍번쩍 아이를 들어서 안아주기도 하고요. 오랜만에 힘껏 안아주는 엄마한테 매달려 아이가 묻더군요.

"갈비뼈 안 아파 엄마?"

그동안 갈비뼈가 아파 못 안아준다고 핑계를 댔거든요. 열이 펄펄 끓으면서도 아이는 엄마 품에 안겨 얼굴을 비비며 말합니다.

"엄마 좋아."

아이가 아파 웃을 수만은 없는 날. 모처럼 종일 아이를 끌어안고 충분히 밀도 있는 시간을 가졌습니다. 아이의 모든 말에 반응하고, 마음을 읽고, 요리해주고, 칭찬하고 표현해줬습니다. 아무래도 아픈 범민이가 "착한 엄마가 되어라, 얍!" 주문을 건 모양입니다.

함께 읽을 아이가 있다면 이야기를 나눠보세요

- 엄마를 생각하면 뭐가 떠오르니?
- "착한 엄마가 되어라, 얍!"하고 주문을 외치고 싶었던 적은 언제였어?
- 네가 어떻게 할 때 엄마의 화가 풀리는 것 같아?

함께 읽어보세요

- 우리 엄마는요 (사카이 고마코 글·그림, 김숙 옮김, 북뱅크)
- 불곰에게 잡혀간 우리 아빠 (허은미 글, 김진화 그림, 여유당)
- 엄마 자판기 (조경희 글·그림, 노란돼지)

착한 엄마가 되어라, 얍!

허은미 글 | 오정택 그림 | 웅진주니어

아이들이 생각하는 착한 엄마의 조건을 들어봅니다. 비록 나는 그 바람에 미치지 못하더라도 반성하고 조금이라도 더 나아질 방법을 고민하게 합니다. "착한 엄마가 되어라, 얍!" 오늘 우리 아이는 몇 번이나 저 주문을 외쳤을까요?

담백한
어른이 되자

아빠한테 물어보렴

어린 시절, 맛있게 밥을 먹고 이 사이에 낀 음식물을 빼내기 위해 찍찍 소리를 내는 어른들의 모습을 저는 정말 싫어했습니다. 왜 굳이 저렇게 기괴한 소리를 내는 걸까. 큰 목소리로 이쑤시개를 찾지 말고 그냥 양치를 하면 안 되는 걸까. 물론 이제는 압니다. 나이가 들수록 치아 사이가 벌어져 이물질이 많이 낀다는 것과 양치조차 귀찮을 만큼 세상살이가 녹록지 않다는 것을요.

단골 채소 가게에서 엄마가 "오늘은 물건이 왜 이렇게 시들해요"라고 묻는 것도 이해가 안 됐습니다. 안 좋으면 그냥 안 사면 되는 것 아닐까. 왜 굳이 남의 가게에서 저런 말을 하는 걸까. 하지만 이것도 이제는 이해가 됩니다. 그런 말들이 모두 친근함과 신뢰의 표현이었으며 비록 싱싱하지 않아도 당신의 물건을 사고 싶다는 마음이었다는 것을요.

애들 귀에도 다 들리게끔 말해놓고는 어른들 말 엿듣는 거 아니라고 호통칠 때도 많았지요. 황당했고 억울했습니다. 듣지 말아야 할 이야기면 어른들이 방으로 들어가서 내밀하게 대화를 하든지, 왜 밖에서 말해 놓고 우리에게 책임을 돌리는 걸까. 이것도 이제는 이해됩니다. 아이가 듣고 있는지 미처 몰랐을 수도 있고 어른들이 하는 이야기를 들었더라도 그냥 모른 척해달라는 의미일 수도 있다는 것을요.

이렇게 어릴 때는 도통 이해가 안 됐던 어른들의 모습이 지금은 많은 부분 수긍이 됩니다. 어느덧 제가 그런 어른이 됐기 때문이겠죠. 자연스럽게 꼰대가 되어 간다는 느낌을 받는 순간도 늘어갑니다. 특히 이제 막 사회생활을 시작한 사람들의 행동과 생각이 쉽게 이해되지 않을 때 내가 어른이 됐음을 실감합니다. "우리 때는 안 그랬는데." 이른바 '라떼' 발언이 저도 모르게 툭 튀어나오기도 합니다. 세월이 흘렀고 나이를 먹은 탓이겠지요.

《아빠한테 물어보렴》은 부제가 '신비한 어른 말 사전'으로, 이런 어른들의 언어를 유쾌하게 풍자합니다. 예를 들어 "강아지 키우면 안 돼요?"라고 묻는 아이의 질문에 아빠가 답합니다. "글쎄, 생각 좀 해보자." 어른들이 자주 하는 말 중 하나지요. 얼핏 보면 긍정도 부정도 아닌 고민을 해보겠다는 뜻으로 들립니다. 하지만 어른들은 저런 말을 한 뒤 좀처럼 생각을 하지 않습니다. 이미 답이 정해져 있기 때문이지요. 저 말이 실제 의미하는 바는 "안 돼! 절대로 안 돼!"에 가깝습니다. 왜 저렇게 비비 꼬아 애매하게 말하는지 아이들은 좀처럼 이해되지 않을 거예요. 그냥 안 된다고 솔직히 말해주는 게 더 낫지 않을까. 답답하고, 속 터지고. 그래서 다음부터 부모와는 말을 섞지 않겠다고 다짐하게 됩니다.

빨간색 셔츠와 파란색 셔츠를 양손에 든 엄마가 묻습니다.

"어느 게 마음에 드니?"

아이는 느끼는 대로 솔직히 답하지요.

"빨간색이오."

하지만 답을 들은 엄마는 미간을 찌푸리며 되묻습니다.

"정말이니?"

아이는 궁금합니다. 어차피 내 의사를 존중할 마음도 없으면 대체 왜 물어보는 걸까?

아이들의 말을 수용할 마음은 없지만 존중하는 느낌은 내비치고 싶은 어른들의 얄팍한 수가 아이에게 그대로 느껴집니다.

마음에 안 드는 행동을 하면 "하지 말아라"라고 말하면 될 일을 꼭 몇 마디 덧붙이는 것도 부모들의 언어 습관입니다. "내 말 안 들리니?!" 이 말이 따라붙는 순간 그 의도가 무엇이었든 간에 짜증이 몰려옵니다. 무조건 내 말을 들어야 한다는 명령으로 들리기 때문이죠. 그래서 괜히 심통이 나기도 합니다.

이 그림책은 이처럼 겉과 속이 다른 어른들의 모습을 아이의 관점에서 적나라하게 들여다봅니다. 이 책을 읽으니 꼰대가 사용하는 언어의 특징들을 조금 더 알 것도 같습니다. 답을 정해놓은 질문들, 확신에 찬 권유, 어릴 적부터 숱하게 들어온 이런 언어들이 바로 꼰대의 언어였습니다. '어떻게 하면 꼰대가 되지 않을 수 있을까?' 사실 답은 간단합니다. 말을 줄이고 담백해지고 예의를 갖추면 됩니다. 이 그림책을 보고 다시 한 번 다짐해봅니다. 멋진 어른은 어렵더라도 꼰대는 되지 말자.

함께 읽을 아이가 있다면 이야기를 나눠보세요

- 가장 황당했던 어른의 말은 무엇이었어?
- 그 말의 진짜 속뜻은 무엇일까?
- 어른들은 '싫다'는 거부의 의미를 어떻게 표현하는 것 같니?

아이가 가장 듣기 싫어하는 말을 알아채고,
대신 할 수 있는 표현을 약속해주세요.

함께 읽어보세요

- 어른들 안에는 아이가 산대 (헨리 블랙쇼 글·그림, 서남희 옮김, 길벗스쿨)
- 말들이 사는 나라 (윤여림 글, 최미란 그림, 위즈덤하우스)

아빠한테 물어보렴

다비드 칼리 글 | 노에미 볼라 그림 | 황연재 옮김 | 책빛

어른들의 말은 겉과 속이 다를 때가 많습니다. 아이들은 그런 어른들의 화법이 어렵다가 나중에는 불편하다 느낍니다. 어른과 아이의 대화가 길어지면 오해와 불신이 쌓이는 이유기도 합니다. 어른들이 자주 사용하는 말이 무슨 뜻인지 정리해놓은 이 그림책을 보고 부끄러움을 느낀다면 내가 이미 꼰대가 된 건 아닌지 진지하게 고민해봐야 할지도 모릅니다.

일등이 아니어도, 너여서 고마워

오늘도 고마워

범민이는 승부욕이 무척 강한 편입니다. 이유식을 먹이고 수면 교육을 할 때부터 호락호락한 기질이 아니라는 것을 익히 알고 있었습니다. 배가 다 차지 않으면 이 없는 잇몸으로 숟가락을 힘껏 깨물며 시위를 했고, 수면 교육을 한답시고 억지로 잠을 재우려 하면 온몸이 빨개질 때까지 울며 저항했거든요. 겁이 난 남편과 저는 아이를 안고 "미안해, 아가야. 그까짓 수면 교육 좀 더 늦게 하자"며 함께 울었습니다.

네 살이 되니 강한 승부욕과 더불어 높은 자존심을 보일 때가 잦아졌습니다. 요즘에는 아이가 잠들기 전 기억력을 테스트하는 일명 '메모리 게임'을 하는데, 자신이 일등을 차지하기 전까지는 도무지 자려고 하지 않습니다. 게임에서 지면 분한 마음에 눈물을 흘리는데 "졌더라도, 가장 즐겁게 한 사람이 일등인 거야"라고 말해도 도무지 달래지지 않습니다. 어느새 아이의 실력이 늘어 이제 저희 부부가 최선을 다해도 지는 경우가 많아졌지만요.

자존심이 높은 건 좋은데 가끔 지나치게 발현되는 경우도 있습니다. 잘못된 행동을 일러주거나 틀린 답이라고 알려주면 아이의 표정은 금세 일그러집니다. 그리고 뭐가 그리 억울한지 곧 눈물을 흘리고 흐느낍니다.

"범민아 혼내는 게 아니라 알려주는 거야. 엄마도 어릴 때 어른들이 많은 걸 알려줬어. 그건 속상한 게 아니야. 아무것도 아니야."

녹음테이프처럼 이야기하지만 이미 마음이 상한 아이의 마음에 스며들지는 못하는 느낌입니다. 그래도 잘못된 부분은 조심스럽게 얘기를 해주고 그래서 생긴 미세한 상처에 내성이 생기도록 돕는 것이 중요하다고 생각했습니다. 잘못된 것은 말해주되 대신 그만큼의 긍정 표현으로 감정을 상쇄시켜주자고 다짐했습니다.

'고맙다'는 말도 가능한 한 많이 건네려고 노력합니다.

"엄마가 읽어주는 책을 너무 재밌게 들어주네, 고마워."

"오늘은 골고루 잘 먹네. 엄마가 만든 걸 맛있게 먹어줘서 기쁘다. 고마워."

"일등 못 해서 많이 울고 싶었을 텐데 금세 그쳤네. 엄마가 덜 속상하다. 고마워."

최고다, 대단하다, 잘했다는 말을 좋아하던 아이가 서서히 바뀌기 시작했습니다. '최고다'라는 말보다 '고맙다'라는 말을 점점 기다리기 시작하게 된 겁니다. 최고를 바라기보다 사랑하는 엄마를 기쁘게 해주는 데서 행복을 찾는 느낌이었습니다. 고맙다는 말의 영향력은 그만큼 컸습니다.

그림책 《오늘도 고마워》를 읽고 나서부터는 '고맙다'는 말의 힘을 더욱 확신하게 됐습니다.

그림책에서 엄마는 아들에게 수시로 고맙다는 말을 건넵니다. 서툴게 싸준 김밥을 맛있게 먹어줘서 고맙고, 화쟁이인 엄마를 좋아해 줘서 고맙습니다. 아이에게 고마운 마음을 갖는 건 모든 부모가 마찬가지겠지만, 다른 게 있다면 그걸 반드시 말로 표현해준다는 점입니다.

많이 달라졌다고는 하나 여전히 우리 어른들은 '고맙다', '미안하다'는 말을 건네는 데 서툽니다. 아이들은 고맙다는 말

고마워

에 인색하지 않습니다. "엄마가 유치원에 나를 데리러 와줘서 고마워! 아플 때 옆에 있어줘서 고마워!"라고 자연스럽게 말합니다.

고맙기 시작하면 고마운 일은 끝없이 많지요. 원망을 내세우기 시작하면 원망 역시 끝없이 많은 것과 같은 이치입니다. 그래서 우리는 일부러라도 "고맙다"고 "정말 고맙다"고 서로에게 말해줘야 한다고 그림책은 알려줍니다.

아이는 엄마와 아빠의 말을 들으며 자라난다는 걸 새삼 느낍니다. 무심코 던지는 한마디 한마디가 모여 아이의 인생을 만들어가는 셈입니다. 고맙다는 말을 듣고 자란 아이는 언제 고마워해야 할지 누구보다 잘 압니다. 고마움을 표현할 줄 안다는 건 얼마나 복된 일인가요. 오늘도 아이가 잠들기 전 잊지 않고 인사를 건넵니다.

"엄마 아들로 와줘서 고마워. 다치지 않고 즐겁게 보내서 고마워. 그래서 오늘도 고마워."

함께 읽을 아이가 있다면 이야기를 나눠보세요

- 꺼내기 가장 쉬운 말과 가장 어려운 말을 생각해볼까?
- 내가 들었던 가장 따뜻한 말은 뭐였어?
- '고맙다'는 마음을 주고받은 경험이 있니?

어린 시절 어른들이 선택하는 단어, 소통 방식을 통해
우리 아이들은 세상을 배웁니다.

함께 읽어보세요

- 세상에서 가장 힘이 센 말 (이현정 글, 이철민 그림, 달달북스)
- 넌 나의 우주야 (앤서니 브라운 글·그림, 공경희 옮김, 웅진주니어)

오늘도 고마워

윤여림 글 | 이미정 그림 | 을파소

최선을 다하고 있지만, 여전히 부족한 게 많은 엄마입니다. 그런데도 잘 자라주는 아이에게 전하고 싶은 엄마의 마음이 담겨 있습니다. 여전히 허점투성이인 엄마지만 아이와 서로 기대고 고마워하며 또 하루를 살아갑니다.

여기까지만 화내기,
엄마랑 약속!

화가 나서 그랬어!

앞서 이야기했지만 범민이는 고집이 셉니다. 그렇다 보니 무얼 얘기해줘도 자기가 옳다고 우기는 경우가 많습니다. 그런데도 저나 남편이나 훈육다운 훈육을 하지 않으니 친정어머니와 시어머니 모두 내심 걱정을 하는 눈치였습니다. 시어머니는 범민이를 볼 때마다 남편을 가리키며 말합니다.

"얘가 어릴 때 그 고집이 말도 못 했어. 자기 뜻대로 되지 않으면 얼굴이 하얗게 질리면서 숨이 넘어가게 울던 애야. 어떤 날은 뒤로 자지러지면서 숨을 안 쉬길래 너무 급해 내가 코를 쓰읍 빨아 마셨잖니."

친정엄마는 범민이와 저를 번갈아 가며 바라보다 고소하다는 듯이 웃습니다.

"너랑 똑같지 뭐. 하고 싶은 건 죽어도 해야 하고. 하기 싫은 건 하늘이 무너져도 안 하는 거."

두 분의 말씀을 가만히 듣다 보면 고집 있는 성격이 좋다는 건지 싫다는 건지 헷갈리기도 합니다. 키우기 쉽지 않은 성격이었지만 당신들의 강한 훈육 덕에 너희가 사람 구실 하며 사는 것 아니냐는 생각이 엿보일 때도 있습니다. 저희 부부도 어릴 때 고집이 셌기 때문일까요? 범민이의 마음이 상당 부분 이해되기도 합니다.

지나치게 자기주장이 강한 범민이를 대하는 육아 원칙은 무척 간단합니다.

'설익은 잔소리를 아끼자.'

코로나로 인해 종일 아이와 함께 지내다 보니 목구멍까지 차오르는 말들이 많습니다.

"흘리지 않고 먹어야지."

"젤리는 조금만 먹으라고 했지."

"색연필은 썼으면 다시 꽂아야지."

온종일 소파에서 뒹굴며 노는 아이의 행동은 늘 거슬리기 마련이지만 잔소리가 나가려 할 때마다 잠시 호흡을 가다듬고 세 가지를 따져봅니다.

첫째, 아이의 감정이 상하는 것을 감수할 만한 일인가.

둘째, 저런 행동을 하지 않게 부모가 미리 도와줄 부분은 없는가.

셋째, 혹시 내 기분에 휘둘려 감정적으로 생각하는 건 아닌가.

이 모든 걸 고려해도 싫은 소리를 해야 한다는 판단이 들면 그때 훈계에 나섭니다. 평소에 잔소리를 잘 하지 않아서인지 엄마 얼굴이 약간만 굳어도 범민이는 훈육의 순간이라는 걸 직감하고 눈치를 보기 시작합니다.

《화가 나서 그랬어!》는 범민이가 돌이 지났을 무렵부터 함께 읽은 그림책입니다. 주인공 벨라의 과장된 표정이 재미있어 택한 책이었지요.

그림책에는 모든 일이 다 짜증스럽고 불만스러운 벨라의 하루가 담겨 있습니다. 벨라는 함부로 물건을 만지는 동생 때문에 아침부터 기분이 상합니다. 아침 식사로 나온 달걀도 싫고 신발 신는 것도 짜증 납니다. 수업 시간도 싫고 집에 놀러 온 친구도 마음에 안 듭니다. 그때마다 벨라는 "싫어! 지긋지긋해! 가버려!" 하고 온몸으로 불쾌감을 표현합니다. 목욕물은 차가워 싫고, 치약은 매워서 싫습니다. 잠들기 전 똑똑 노크하고 들어오는 엄마에게도 불편한 마음을 내비칩니다.

하지만 엄마는 아이와 같은 감정으로 응수하지 않습니다. 오히려 심술이 나서 퉁퉁 부은 벨라를 따뜻하게 안아줍니다. 침대에 누워 아이가 가장 좋아하는 그림책을 읽어주고 다정하게 머리를 쓰다듬어줍니다.

그 순간 이유를 알 수 없던 벨라의 화가 스르르 풀립니다. 그리고 비로소 엄마에게 마음을 고백합니다.

"엄마, 나 오늘 떼 많이 썼지요? 미안해요. 화가 나서 그랬어요."

그런 벨라에게 엄마는 말합니다.

"그래, 우리 모두 이따금 그런 날이 있지. 하지만 내일은 즐거운 날이 될 거야."

어떤 서운한 감정도 섞여 있지 않은 엄마의 말에는 두 가지 메시지가 들어 있습니다. 첫째, 우리 모두 짜증이 나는 날이 있을 뿐 벨라 네게 문제가 있는 건 아니다. 둘째, 그렇다 해도 주위 사람들에게 화를 내는 게 좋은 행동은 아니니 내일은 즐겁게 하루를 보내보자.

우리 모두 어떤 날에는 짜증 날 수 있다는 엄마의 위로에 벨라는 기분 좋게 잠자리에 들었을 겁니다.

어른들도 마찬가지입니다. 몸이 찌뿌드드하고 괜히 예민하고 우울해지는 날이 있기 마련이지요. 다만 어른들은 감정을 다루는 법을 알고 있어 부정적인 감정을 숨기기도 하고 손쉽게 벗어날 때도 있습니다. 하지만 아이들은 감정을 다루는 데 서툽니다. 그래서 아이들에게 설명을 해줘야만 합니다. 화나는 감정은 수용 받을 수 있지만, 그로 인해 누군가에게 손해를 끼치는 행동은 인정받을 수 없다는 것을요.

저는 3년 넘게 이 책을 범민이와 함께 읽었는데, 지금도 이 책을 보고 대화를 나눕니다.

"범민이 오늘 화나는 일 없었어? 속상하거나 짜증 났던 일은?"

범민이는 그날 억울했던 일을 말하기도 하고, 한참 전 일을 털어놓기도 합니다. 그러고는 저한테 묻습니다.

"엄마는 어떨 때 나한테 화가 나?"

처음엔 아이의 질문에 당황해 쉽게 답하지 못했습니다. 그러면 범민이는 이렇게 되물었습니다.

"벽에 낙서할 때? 약속 지키지 않을 때? 물건 던질 때? 때릴 때?"

아이는 제 표정이 굳어지며 훈육이 들어갔던 순간을 모두 기억하고 있었던 겁니다. 이 책을 통해 비교적 감정적 대응을 줄이고 훈육을 해왔던 것이 얼마나 다행으로 여겨졌는지 모릅니다. 그래도 아이에겐 설득되지 않은 '엄마의 무서움'만 남은 순간들이 있었겠지요. 범민이가 하지 말았으면 하는 행동을 조심스럽게 얘기했고, 덕분에 불필요한 잔소리를 많이 줄일 수 있었습니다. 범민이의 어린 시절 사진첩을 넘기다 보면 이 책이 자주 눈에 띕니다. 이 책 속의 주인공 벨라와 함께 자라왔다고도 할 수 있을 것 같습니다. 훗날, 범민이의 책장이 참고서로 가득 채워질 때도 이 책만은 책장 한편에 자리하기를 바랍니다. 오랫동안 범민이와 이 책을 함께 나누며 대화하고 싶습니다.

함께 읽을 아이가 있다면 이야기를 나눠보세요

- 너는 어떨 때 화가 나?
- 많이 화났을 때 엄마(아빠)가 지었던 표정과 행동이 기억나니?
- 화가 작아지려면 무엇을 하면 좋을까?

화가 났다는 감정이 아닌 거친 대처 방식이
잘못된 것임을 명확히 이야기해주세요.
그리고 감정을 가라앉힐 방법을 함께 찾아주세요.

함께 읽어보세요

- 무엇이든 삼켜버리는 마법 상자 (코키루니카 글·그림, 김은진 옮김, 고래이야기)
- 화난 책 (세드릭 라마디에 글, 뱅상 부르고 그림, 조연진 옮김, 길벗어린이)
- 내 안에 공룡이 있어요! (다비드 칼리 글, 세바스티앙 무랭 그림, 박정연 옮김, 진선아이)

화가 나서 그랬어!

레베카 패터슨 글·그림 | 김경연 옮김 | 현암주니어

자꾸만 화가 나는 아이의 하루를 담고 있는 그림책입니다. 세심하게 관찰해보면 아이가 화날 만한 이유가 곳곳에 숨겨져 있습니다. 섭섭하고 속상하고 짜증이 나서 화가 나버린 아이의 감정을 이해해봅니다. 화내는 아이에게 필요한 것은 절제된 엄마의 감정과 이해입니다.

혼자서 다 해내는 게
항상 정답은 아니기에

마음이 퐁퐁퐁

예전에 함께 일했던 라디오 PD가 이런 말을 했습니다.

"라디오를 들으면 진행자가 어떤 사람인지 보통 알게 되잖아. 그런데 지애 씨는 방송을 들어도 잘 모르겠어."

선배의 말을 듣고는 그냥 웃고 말았지만, 속으로는 그럴 수도 있겠다 싶었습니다. 저는 가족이 아닌 다른 사람에게는 부탁을 잘 못 합니다. 도와달라는 말도 못 건네고 위로가 필요하다는 내색을 한 적도 없는 것 같습니다. 손을 내밀어 도움을 청하면 쉬울 일도 어떻게든 혼자 해보려 아등바등합니다. 빚을 지는 것 같은 느낌이 유쾌하지 않고 폐를 끼치는 것 같아 마음이 불편하기도 합니다. 이렇게 살아 좋은 점도 있습니다. 늘 적당한 거리를 두고 관계를 맺으니 사람 관계에서 겪는 불필요한 감정 소모가 적게 마련이지요. 지금까지는 이걸 저만의 '적당한 거리 두기'라고 생각했습니다. 인생을 복잡하지 않게 만들어나가는 내 방식이라고 여겼습니다.

그런데 이 심플한 관계 맺기가 무척 이기적인 삶의 방식이었다는 걸 얼마 전 경험했습니다. 건강 검진을 받은 뒤 얼마 지나지 않아 전화를 한 통 받았습니다. 엑스레이 사진을 보니 암으로 의심되는 부분이 보인다는 얘기였습니다. 의사는 대형 병원에서 제대로 진단을 받아보라고 제안했고, 저는 덜컥 겁이 났습니다. 주차된 차 안에서 한참을 멍하니 앉아 있었습니다.

생각은 여러 갈래로 뻗어 나가 수습이 되지 않더군요. 네 살밖에 되지 않은 아이가 생각났고, 오직 딸 걱정뿐인 엄마를 떠올리니 눈물이 쏟아졌습니다. 남편은… 저 없이도 잘 살 것 같았습니다. 실력 있는 의사의 정확한 진단을 받고 싶었습니다. 절박했던 그 순간 평소 의지하던 아나운서 선배에게 고민 없이 문자를 보냈습니다.

"선배님, 급히 부탁드릴 일이 있어요. 통화할 수 있으실 때 알려주시면 전화 드릴게요."

선배는 10년 넘게 의학 정보 프로그램을 맡아왔고 우리 부부에게 늘 귀감이 돼주는 분이기도 했습니다. 선배에게 곧장

전화가 왔습니다. 떨리는 목소리로 상황을 말씀드렸고, 선배는 침착하게 알아보겠다고 했습니다. 전화를 마치고 문자가 왔습니다.

"지애야, 들어보니 별일 아니야. 별일이 있어도 괜찮으니 아무 걱정하지 마."

별일 있더라도 아무 걱정하지 말라는 짧은 말이 그렇게나 큰 힘이 될 거라고 예전에는 생각해본 적이 없었습니다.

처음 병원을 찾은 날, 선배는 이른 아침이었는데도 병원으로 찾아와주었고 함께 진료실로 들어가 줬습니다. 말로 다 표현 못 할 고마움이었습니다. 양성과 악성이 50%의 확률로 보인다는 진단. 좀 더 정확한 검사 결과가 나올 때까지 한 달의 시간이 더 필요했습니다. 처음 느껴본 정신적인 고통에 몸무게가 3kg 이상 빠졌습니다. 그때 제가 의지했던 것은 종교, 의료진 그리고 선배였습니다.

가족이 아닌 누군가에게 내 상황을 전부 알리고 온전히 의지한 건 이번이 처음이었습니다. 그리고 저는 알았습니다. 지금까지 내가 살아온 방식은 결코 심플하고 쿨한 게 아니었다는 것을 말이죠. 저는 그저 이기적인 사람이었습니다. 누군가에게 도움을 청하지 않았던 건 누구도 내게 도움을 청하지 말라는 말과 다르지 않았다는 것을 깨달았습니다. 다른 이에게 위로를 구하지 않은 건 내게도 위로 따위 원하지 말라는 말과도 같았다는 것도요. 온전히 마음을 내주는 선배를 보며 그제야 알게 됐습니다.

그림책《마음이 퐁퐁퐁》은 마음을 전하는 방법에 관한 이야기입니다. 아기 돼지 퐁퐁이는 작은 가방 하나를 메고 세상 구경을 떠납니다. 길을 걷다 길가의 꽃송이를 발견한 퐁퐁이는 예쁜 꽃송이에 입을 맞추고 마음을 주었습니다. 그러자 이번에는 나비가 날아듭니다. 나비의 날갯짓에 따라 퐁퐁이는 춤을 춥니다. 그렇게 또 마음을 주었습니다. 새와 물고기, 비와 구름에도 퐁퐁이는 아낌없이 마음을 다 내어줬습니다.

세상 구경을 마치고 집으로 돌아온 퐁퐁이는 엄마 품에 안겨 이야기를 나눕니다. 퐁퐁이에게는 걱정이 하나 생겼습니다. 너무 많은 이들에게 마음을 내준 건 아닌가. 이러다가 내 마음이 다 사라져버리면 어쩌나 하는 걱정입니다. 엄마는 퐁퐁이를 꼭 껴안고 이렇게 말합니다.

"괜찮아! 마음은 샘물 같아서 얼마든지 퐁퐁퐁 솟아난단다."

이 문장이 너무 아름다워 몇 번을 읽고 또 읽었습니다. 퐁퐁퐁 솟아나는 마음 쓰기에 저는 왜 이리 옹색했는지 지난날을

범민이가 아름다운 세상을 동경했으면 좋겠고,
앞으로 살아가며 만나게 될 사람들에 대한
기대와 설렘으로 충만했으면 좋겠습니다.

돌아보게 됐습니다.

저는 이 책을 범민이에게 자주 읽어줍니다. 타인과 마음을 나누는 법에 서툰 엄마의 태도가 혹시 아이에게까지 이어지지 않을까 하는 걱정 때문입니다. 범민이가 아름다운 세상을 동경했으면 좋겠고, 앞으로 살아가며 만나게 될 사람들에 대한 기대와 설렘으로 충만했으면 좋겠습니다. 하루를 마무리하는 밤마다 범민이를 끌어안고 오늘은 마음이 얼마나 퐁퐁퐁 샘솟았는지 묻고 또 물으려 합니다. 이 책은 아이를 세상과 끊임없이 연결해주고픈 저의 의지이자 노력인 셈입니다.

다행히 제 건강에는 별문제가 없었습니다. 이 사실을 전해 들은 선배가 문자를 남겼습니다.

"지애야, 애썼다. 내가 올해 들어 가장 보람된 일을 한 기분이다."

눈물이 났습니다. 마음을 나누고 손을 잡아주는 건 이리도 아름다운 일인데, 저는 그걸 왜 몰랐을까요. 퐁퐁퐁 솟아나는 마음을 이제라도 마음껏 나누고 살아야겠다고 다짐해봅니다.

함께 읽을 아이가 있다면 이야기를 나눠보세요

- 마음을 준다는 것의 의미는 뭘까?
- 사라지지 않고 계속 솟아나는 마음을 경험한 적이 있니?
- 지금 우리가 사는 세상은 너에게 어떤 느낌이야?

함께 읽어보세요

- 또 또 찬성! (미야니시 타츠야 글·그림, 김난주 옮김, 시공주니어)
- 가시 소년 (권자경 글, 하완 그림, 천개의바람)

마음이 퐁퐁퐁

김성은 글 | 조미자 그림 | 천개의바람

범민이가 어느새 다섯 살이 됐습니다. 아이에서 어린이로 변해가는 어디쯤 있는 거지요. 더 멋진 남자로 성장하려면 뭐가 필요할까 생각을 해봅니다. 여러 덕목이 필요하겠지만 그중에서도 마음을 잘 주고받는 사람으로 성장했으면 하는 마음이 큽니다. 아기 돼지 퐁퐁이가 자신을 둘러싼 모든 것과 교감하는 이 책을 보면 더 그런 생각이 듭니다. 따뜻하고 사랑이 많은 사람으로 자라주기를 바라는 부모의 마음이 담긴 그림책입니다.

Chapter 3

아이들은 알고 있다,
표현을 못 할 뿐

그림책학교에서 함께 읽은 책

아이들은 알고 있다,
표현을 못 할 뿐

그림책학교에서 함께 읽은 책

지금 여기 없지만
잊을 수 없는 얼굴

할아버지는 어디로 갔어요?

"우리 할아버지는 지금 어디에 계세요?"

오랜만에 식구들이 모여 식사를 하던 자리에서 조카가 물었습니다. 갑작스러운 질문에 갈 곳 잃은 주위 어른들의 시선이 허공에서 바쁘게 교차했습니다.

때가 되면 꼭 설명이 필요하지만, 아이와 어떻게 이야기를 나눠야 할지 몰라 피하게 되는 주제들이 있지요. 죽음, 성교육, 학교폭력, 왕따, 성 정체성 등에 대한 이야기들. 아이들은 어디서도 친절한 설명을 찾기 힘든 이런 이야기를 궁금해합니다. 그리고 부모에게 문득 질문을 던지곤 하지요. 그렇다고 해서 부모들이 먼저 나서 이런 주제를 설명할 필요는 없다고 생각합니다. 어차피 언젠가 대화하게 될 내용들이니까요. 다만 그런 질문을 맞닥뜨렸을 때 당황하거나 망설이지 않는 게 중요합니다. 진땀 빼는 주제가 아니라 자연스러운 주제처럼 아이들이 느끼도록, 미리미리 준비가 필요한 것이지요.

저희 아빠는 10년 전 세상을 떠나셨습니다. 이제 초등학교에 들어가는 조카는 할아버지를 실제로 본 적이 없는 거죠. 그런 조카가 "할아버지는 어떤 사람이에요?", "지금은 어디에 계셔요?"라고 물었을 때 저를 포함한 어른들은 당황했습니다. 그리고 가장 뻔한 답변을 했습니다.

"하늘나라로 가셨어."

아이는 아직 해소되지 않은 표정으로 돌아서더군요. 그러고 나서 서너 달이 지나 다시 질문을 했습니다. 왜 엄마에겐 아빠가 없는지, 하늘에는 어떻게 가는 건지, 언제 만날 수 있는지. 그사이 성장한 아이의 구체적인 질문에 어른들은 더욱 난감했습니다. "나중에 꼭 다시 만날 수 있다"는 논리적이지 않은 설명으로 서둘러 자리를 피했습니다.

조카가 여덟 살이 된 어느 날, 외할아버지를 그렸다며 그림 한 장을 들고 왔습니다. 외롭고 삭막한 무덤 하나가 그려져 있고 외할아버지의 이름도 적혀 있더군요. 아차 싶었습니다. 아이들은 때가 되면 주변의 정보들을 종합해 각자의 방식으로 그 주제를 해석해버린다는 것을 그때 알았습니다. 죽음에 대해 두려움을 심어줄까 봐 망설였던 그 시간 동안 아이는 나름의 생각들을 종합했던 거죠. 아이에게 이별은 죽음이었고, 죽음은 곧 무덤이었던 겁니다. 아이가 처음 죽음에 대해 질문했을 때 더 좋은 답변은 무엇이었을까요? 한참 뒤 이 그림책《할아버지는 어디로 갔어요?》를 만나고 나서야 그 답을 알게 됐습니다.

알록달록 화려한 색감이 인상적인 이 책은 할아버지가 돌아가신 뒤 남겨진 할머니와 아이가 나누는 대화를 들려줍니다. 아이는 궁금해합니다. 할아버지가 하늘로 갔는지, 별이 되었는지, 비가 되었는지. 할머니는 비, 나무, 파도, 흙처럼 늘 만나는 자연이 어쩌면 할아버지일지도 모른다고 대답합니다. 할머니의 답에 아이는 골똘히 생각합니다. 그리고 그리운 존재를 느껴봅니다. 멀리 있어 늘 함께 할 수 없는 누군가를 대입해도 무리가 없습니다. 비로소 죽음은 너무 어렵지 않게 다가옵니다. 찾아보면 죽음에 관한 그림책은 꽤 많습니다. 그러나 아이와 읽을 책을 선택하기는 쉽지 않지요. 이야기를 따라가자니 슬픈 감정선이 자극적이고, 이야기가 괜찮다면 반대로 그림이 너무 어둡게 느껴집니다. 적어도 죽음에 관한 책이라면 밝고 구김이 없으면 좋겠다고 생각했습니다.

매달 그림책학교를 찾는 일곱 살 우혁이는 이 책을 보고 난 느낌을 그림으로 표현할 때 노란색 톤으로 완성했습니다.

“우혁아 왜 온통 노란색이니?”

선생님 물음에 우혁이가 답했습니다.

“할아버지가 땅에서 잠든 날을 그린 거예요. 노란 비가 왔고 노란 땅이었어요.”

혹여 아이의 상처를 건드릴까 봐 선생님은 더 이상 질문하지 않았습니다. 수업이 끝난 후 부모님들을 모시고 브리핑을 할 때였습니다. 우혁이의 작품을 설명하니 부모님 어깨가 들썩였습니다. 할아버지는 우혁이가 세 살 때 돌아가셨다고 했습니다. 할아버지를 땅에 모시는 날 실제로 봄비가 내렸고, 개나리가 지천으로 피어 온통 노란빛이었다고요. 어머니는 아이가 그날을 기억하지 못할 거로 생각했습니다. 더군다나 이후에도 그날에 관해 이야기한 적이 없었는데 아이가 기억하고 있다는 사실에 놀라워했습니다. 그리고 그날의 기억이 온통 노란빛으로 아름답게 남아 다행이라 말했습니다. 우혁이의 마음속에서 돌아가신 할아버지는 늘 밝고 환한 존재로 기억될 것 같습니다.

함께 읽을 아이가 있다면 이야기를 나눠보세요

- 누군가 세상을 떠났다는 건 무슨 뜻일까?
- 죽으면 존재하지 않게 되는 걸까?
- 무엇이 바람과 비와 나무가 된 것일까요?

보이지 않는 추상적 개념과 느낌을
자신만의 감각으로 표현할 수 있도록 격려해주세요.
상상력은 날개를 달고 더 많은 이야기를 담게 됩니다.
'슬픈 마음 → 하얀색 → 나무에서 떨어지는 꽃잎'처럼
자기만의 방식으로 추상을 구체화하는 연습을 함께 해보세요.

함께 읽어보세요

- 씩씩해요 (전미화 글·그림, 사계절)
- 어느 날, (이적 글, 김승연 그림, 웅진주니어)
- 무릎딱지 (샤를로트 문드리크 글, 올리비에 탈레크 그림, 이경혜 옮김, 한울림어린이)

할아버지는 어디로 갔어요?

스텔라 미카일리두 글 | 마리오나 카바사 그림 | 서영조 옮김 | 터치아트

할머니 품에 안긴 소년이 묻습니다. 할아버지는 하늘로 올라갔어요? 그렇다는 할머니의 대답에 소년은 계속해서 묻습니다. 할아버지는 별이 되었나요? 구름이 되었나요? 아니면 비가 되었나요?

아빠를
기억하는 방식

우리 집에 용이 나타났어요

저희 아빠는 늦은 나이에 결혼해 딸 둘을 낳았습니다. 그래서인지 언니와 저를 금이야 옥이야 키웠고 동네에서도 유난스러운 아빠로 소문이 났었지요. 아빠는 딸들이 대학에 들어가기 전까지 일요일 아침이면 거실에 신문지를 펼치고 손톱과 발톱을 깎아주었고, 퇴근길에 딸들이 주문한 아이스크림, 과자, 통닭을 사 오는 걸 행복으로 알았습니다. 물론 때로는 그 사랑이 지나칠 때도 있었습니다. 동네 아이들이 다 타는 두발자전거를 못 타게 하거나, 당시 유행했던 롤러스케이트도 허락하지 않았습니다. 위험하다는 이유였지요. 엄마는 아빠의 그런 행동이 아이들을 나약한 철부지로 만든다며 툴툴대기도 했습니다. 실제로 배울 시기를 놓쳐버린 자전거는 아무리 연습해도 늘지 않았습니다. 그래서 저는 여전히 자전거를 탈 줄 모르는 보기 드문 서른아홉 여성입니다.

영원할 줄 알았던 아빠와의 시간은 생각만큼 길지 못했습니다. 제가 스물일곱이 되던 해, 아빠는 돌아가셨습니다. 그 긴 투병의 시간 동안 여러 번 절박한 상황을 겪으며 곧 이별을 준비해야 한다고 마음먹었지만, 막상 현실이 되니 갑작스럽기만 했습니다. 낯선 세상 한가운데 떨어진 느낌이었습니다. 그 무렵 스스로 주문을 되뇌었습니다.

"강해져야 해. 단단해져야 해."

스스로가 얼마나 나약하고 의존적인 존재인지 잘 알고 있었기에 이제는 다른 사람이 되어야 한다는 다짐이지요. 그리고 저는 정말 그런 사람이 되어갔습니다.

아나운서에 합격했을 때도, 방송국에서 큰 프로그램을 맡았을 때도, 아픈 아빠의 손을 잡고 얼굴을 비비며 어른이 된 것처럼 말했습니다.

"아빠 나 장하지? 이제 내 걱정 안 해도 되겠지?"

아빠를 떠나보낸 지 10년이 됐지만 어릴 적 당신이 남겨 놓은 메모와 편지로 저는 여전히 아빠를 만납니다. 너희들이 자랑스럽다는 고백, 너무 혼내지 않아 버릇없는 아이가 될까 두렵다는 마음 등 우리를 키우며 고민했던 아빠의 솔직한 생각들이 거기에 담겨 있습니다. 아빠는 생일이나 크리스마스가 되면 책상에, 필통 안에, 가방 안에 편지를 남겨 놓았습니다.

아빠는 편지로 사랑을 전했고 이제 저는 그 편지를 읽으며 아빠를 기억합니다.

제가 편지로 아빠와 마음을 나눴듯이 그림책《우리 집에 용이 나타났어요》도 편지를 활용한 구성이 돋보이는 그림책입니다.

이 그림책은 다섯 장의 편지로 이야기를 풀어나갑니다. 집 안에서 용을 키우게 된 레군은 여러 가지 난감한 상황에 부닥치게 됩니다. 먹이는 어디서 구할 거며, 너무 커진 덩치는 어찌할지, 이웃들이 겪는 불편은 어떻게 막을 수 있을지 혼자서는 도무지 알 방법이 없습니다. 그래서 소방관, 정육점 주인, 변호사 등 각계 전문가들에게 편지를 씁니다. 대체 어떻게 해야 하냐고요! 하나둘 답장이 옵니다.

전문가들의 의견을 다 들어본 레군은 서로를 위해서 용을 떠나보내야 한다는 걸 알게 됩니다. 고민 끝에 용과 작별을 하지요. 다만 잊지 않겠다고 다짐하면서. 그리고 한참이 지나 엽서 한 장이 도착합니다. 엽서에는 용의 발자국이 선명하게 찍혀 있습니다. 엽서에는 두 친구의 우정, 반가움, 안부 그 이상의 의미가 담겨 있었습니다. 아이들은 이 편지를 직접 꺼내 펼쳐 읽고 다시 봉투에 넣는 방식으로 더욱 즐겁게 레군의 상황에 몰입할 수 있습니다. 겉으로 쓱 훑는 것보다 직접 책을 살펴봤을 때 훨씬 더 즐겁게 몰입이 되는 그림책입니다.

그림책학교에서도 이 책으로 이야기를 나눠봤습니다. 먼저 각자가 풀어야 할 문제들을 이야기하고 해결 방법을 논의합니다. 그래도 풀리지 않는 문제는 전문가에게 편지를 써서 상의하기로 했습니다. 아이들은 과학자, 수의사, 공주, 신에게 궁금증을 적어 편지를 보냈습니다.

아이들이 맞닥뜨린 궁금증은 엉뚱하고 기발합니다. 공주가 사는 집의 위치가 궁금하고, 도깨비와 귀신이 언제 나타나는지 알고 싶어 합니다. 과학자가 되려면 어떻게 해야 하냐고 진로 상담을 하는 아이도 있고, 자신이 키우는 강아지가 자주 숨을 헐떡인다며 치료 방법을 묻기도 합니다. 전문가에게 진짜 편지를 보낼 수 있다는 호기심이 이 수업을 더욱 흥미롭게 만들었습니다.

그리고 일주일 후 아이들의 집으로 편지가 도착했습니다. 아이들은 환호성을 질렀지요. 물론 그림책학교 선생님들이 전문가가 되어 정성껏 작성한 답장입니다. 기다린 시간만큼 답장을 기다리는 아이들의 마음은 부풀어 오르고 그렇게 받은 답장을 통해 문제 해결 과정을 경험하게 됩니다. 쉽게 얻은 답과는 비교할 수 없는 체험입니다.

무엇이든 빨리 해결되는 간편한 시대에 익숙한 아이들이어서 그럴까요? 편지와 기다림의 매력에 아이들은 속절없이 빠져들었습니다. 그리고 다음 편지를 쓰겠다고 서로 아우성칩니다.

함께 읽을 아이가 있다면 이야기를 나눠보세요

- 꼭 키워보고 싶은 동물이 있니?
- 그 동물과 함께 산다면 어떤 문제가 발생할까?
- 그 문제를 해결할 방법을 고민해보고 도움을 구하는 편지를 써볼까?
- 정말 사랑하지만 보내줘야 한다는 건 어떤 뜻일까?

아이에게 가장 좋아하는 인물이나 캐릭터가 되어 편지를 보내주세요.
고쳐야 하는 습관, 사소한 문제들이 의외로 쉽게 해결되기도 합니다.

함께 읽어보세요

- 바다 우체부 아저씨 (미셸 쿠에바스 글, 에린 E. 스테드 그림, 이창식 옮김, 행복한그림책)
- 웅덩이를 건너는 가장 멋진 방법 (수산나 이세른 글, 마리아 히론 그림, 성초림 옮김, 트리앤북)

우리 집에 용이 나타났어요

엠마 야렛 글·그림 | 이순영 옮김 | 북극곰

바라던 일이 현실이 되었어요. 우리 집에 용이 나타났거든요. 그런데 정말 나는 용과 함께 살 수 있을까요? 주인공은 전문가에게 편지를 보내 궁금한 점을 물어 용에 대한 정보를 차곡차곡 쌓아갑니다. 결국 용은 집을 떠나가지만 진짜 우정은 그때부터 시작입니다. 공룡과 소년이 나누는 진한 우정이 담겨 있습니다.

일단 점부터 찍어볼까?

아름다운 실수

그림책 첫 장에는 '동그란 원'이 덩그러니 놓여 있습니다.

그리고 다음 장.

동그란 원에 하나둘 점이 찍히기 시작합니다.

하나둘 점들이 모여 점차 사람의 얼굴이 만들어집니다.

아차. 그런데 눈의 크기가 짝짝이가 됐습니다. 어떡할까요?

괜찮습니다. 짝짝이 눈 위에 동그란 안경을 씌우면 더욱 그럴싸해지거든요.

그러고 보니 짝짝이 눈은 더는 눈에 띄지 않습니다.

이번엔 목이 너무 길고, 팔뚝도 뾰족해 보입니다.

그래도 괜찮습니다.

누구나 실수를 합니다. 하지만 실수를 대하는 자세는 모두 다르지요.
누군가는 실수를 딛고 일어서고, 누군가는 무너져버립니다.
책은 실수는 실패가 아니라고 담담하게 말해줍니다.
수업을 다 들은 일곱 살 라희는 감상평을 남겼습니다.
“신나게 한 번 더!”

한 장 한 장 넘기다 보면 실수는 만회되니까요.

결국 마지막 장에서 스케이트를 타는 멋진 소녀의 그림이 완성됩니다.

이 책의 저자는 코리나 루켄입니다. 작가는 어느 날 자신의 아이에게서 이상한 특징을 발견합니다. 그림을 좋아해 무엇이든 자신만만하게 그리던 아이가 자꾸만 도화지를 바꿔가며 다시 그리고 있는 겁니다. 조금만 마음에 안 들어도 아이는 도화지를 구겨 버렸습니다. 그래서 아이 옆에는 늘 여러 장의 도화지가 있었지요.

과도한 완벽 추구.

아이는 작은 실수조차도 견디지 못하는 듯했습니다. 작가는 아이가 실패를 자연스럽게 받아들였으면 좋겠다는 마음에 이 책을 쓰고 그렸습니다.

'과도하게 완벽을 추구하는 아이와 부모'를 생각하며 그림책 수업을 준비했습니다. 많은 이들이 '완벽'에 대한 부담을 느껴왔는지 수업의 인기는 높았습니다. 아이들과 그림책을 함께 읽고, 도화지 세 장을 준비해줬습니다. 준비한 종이들은 깨끗

하지만, 하얀 도화지는 아니었습니다. 어떤 '실수'가 의도적으로 놓여 있었지요. 얼룩이 지고, 잉크가 튀고, 무언가 번져 있기도 했습니다. 책을 읽고 난 뒤라 아이들은 재빨리 의도를 알아챘습니다. 아이들은 저마다의 실수를 이용해 새로운 그림을 탄생시켰지요. 실패해도 괜찮다는 것, 다시 만회하면 된다는 걸 아이들은 경험했습니다.

하지만 몇몇 아이는 더럽혀진 도화지 자체를 거부하기도 했습니다. 뭐가 묻어 있어 싫다며 뒷장에 그림을 그리겠다는 아이도 있었습니다. 우리는 굳이 아이들에게 활동을 이어가길 강요하지 않았습니다. 아이에겐 시간이 필요할 수 있으니까요.

그중 한 아이에게 조심스럽게 물어봤습니다. 유독 이 수업에 대한 부모의 관심이 깊어 보였던 아이였습니다.

"네가 실수했을 때, 부모님은 어떤 이야기를 해주셔?"

"혼나요. 아빠가 진짜 혼내요."

"실수를 하면 네 마음은 어떠니?"

"화나요. 마음대로 안 되니까."

"실수하고 부모님에게 어떤 말을 듣고 싶어?"

"아무 말도 안 듣고 싶은데요."

몇 가지 질문을 통해 어렵지 않게 부모의 성향과 아이의 특징을 파악할 수 있었습니다. 아이가 그림 그리기를 거부했다는 말을 전해 들은 엄마는 당혹스러워하며 놀랐습니다. 평소 공부할 때도, 피아노를 칠 때도 조금만 틀리면 지나치게 속상해했다고 말씀하시더군요. 완벽을 추구하는 태도를 타고나는 아이도 있지만, 부모의 엄격함에 짓눌려 실수를 두려워하는 아이도 있다고 조심스럽게 말씀드렸습니다.

누구나 실수를 합니다. 하지만 실수를 대하는 자세는 모두 다르지요. 누군가는 실수를 딛고 일어서고, 누군가는 무너져 버립니다. 책은 실수는 실패가 아니라고 담담하게 말해줍니다. 수업을 다 들은 일곱 살 라희는 감상평을 남겼습니다.

"신나게 한 번 더!"

어디 아이들뿐일까요. 함께 책을 읽는 우리 모두에게 이 말을 선물하고 싶습니다. 잘 안 되면 어때요. 까짓것! 신나게 한 번 더! 해보죠!

함께 읽을 아이가 있다면 이야기를 나눠보세요

- 가장 기억에 남는 실수는 어떤 거야?
- 실수했을 때 엄마 아빠는 무슨 이야기를 해줬어?
- 그때 네 마음은 어땠어?
- 앞으로도 우리는 많은 실수를 할 텐데 괜찮을까?

앞으로도 우리는 많은 실수를 할 수 있다는 것,
동시에 또 다른 기회가 기다리고 있다는 것을
엄마, 아빠의 경험과 함께 들려주세요.

함께 읽어보세요

- 조마조마 (정재경 글·그림, 한솔수북)
- 절대로 실수하지 않는 아이 (마크 펫, 게리 루빈스타인 글, 마크 펫 그림, 노경실 옮김, 두레아이들)
- 포기가 너무 빠른 나비 (로스 뷰랙 글·그림, 김세실 옮김, 위즈덤하우스)

아름다운 실수

코리나 루켄 글·그림 | 김세실 옮김 | 나는별

하얀 도화지에 똑똑 떨어진 잉크. 그 잉크가 풍선이 되고 나무가 됩니다. 예상하지 못했던 작은 실수가 새로운 아름다움으로 변해가는 놀라운 경험을 할 수 있습니다. 그리고 실수는 실패가 아니라고, 새로운 시작이라고 용기를 북돋아 줍니다.

동생 싫어!
그래도 좋아

동생이 생긴 너에게

저에게는 언니가 한 명 있습니다. 어릴 적부터 식구들은 언니의 단계별 성장을 신기해했습니다. 당연하지요. 언니는 장남인 아버지의 첫 딸, 집안의 장녀였으니까요. 집안에서 처음 만난 아이였으니 언니의 처음은 모든 가족의 처음과 마찬가지였습니다. 새초롬하니 얄밉게 생긴 저보다 복스럽고 순하게 웃는 언니는 처음 만난 모든 어른의 귀여움을 받았습니다. 하지만 둘째인 저는 무언가 재주를 부리거나 재롱을 떨어야 비로소 시선을 받을 수 있었지요. 어디를 가도 언니는 늘 저보다 우선이었습니다. 내 엄마기도 한데 늘 '지연이 엄마'로 불리는 것도 불편했습니다. 저는 본능적으로 질투가 늘었고 나만의 생존법을 빠르게 익혀갔습니다.

저는 생존하기 위해 잔머리를 굴리기 시작했습니다. '어떻게 하면 언니만큼 내가 돋보일 수 있을까.' 그 잔머리가 통하지 않으면 떼를 쓰고, 화를 내고, 기이한 짓을 했습니다. 첫째는 가만히 있어도 모든 걸 다 얻는 자리, 둘째는 갖은 노력을 해야 비로소 조금 얻을 수 있는 자리. 그때는 그렇게만 생각했습니다.

하지만 나이가 들고 보니 얼마나 철없는 생각이었는지 조금은 알 것도 같습니다. 첫째는 둘째가 상상할 수 없는 상실감을 경험하는 자리였더군요. 세상 어디에도 없을 부모의 진득한 사랑을 받던 아이는 아무런 예고 없이 어떠한 준비도 없이 갑작스럽게 부모를 나눠야만 하는 상황을 맞게 되니까요. 똑같이 사랑한다고 말하지만, 물리적인 시간과 시선은 갓 태어난 아이에게 훨씬 더 많이 향할 수밖에 없습니다. 자신의 것일 것 같던 애정을 잃는 상실을 경험하기에 아이들은 너무 어리지요. 그 아픈 경험이 대부분의 첫째를 담담하게 만드는 것 같습니다. 어른들이 기특해했던 그 '듬직함'은 어쩌면 슬픔 속에 체화된 것일지도 모릅니다.

《동생이 생긴 너에게》, 이 책을 소개하는 시간에 부모님들은 가장 많이 울었습니다. 책 속의 '준이'는 동생이 생긴다는 막연한 기쁨으로 들떠 있습니다. 동생이 생긴다고 동네방네 자랑도 하고 다녔고요. 그런데 어느 날, 한 친구가 준이에게 말합니다.

"그럼 이제 네 엄마가 아닌 거네, 우리 엄만 내 엄만데."

이 말을 듣고 준이의 마음은 복잡해지기 시작합니다. 좋은 형이 되어야 한다는 말도 부담스럽게 다가옵니다. 칭찬받을 때도 '준이는 좋은 형이 되겠구나'라고 말하는데, 이게 꽤 불편합니다. 내 정체성이 좋은 형아가 된 것만 같습니다.

그리고 동생이 태어납니다. 늘 내 곁에만 머물러 있던 할아버지, 할머니, 아빠, 엄마가 모두 동생 옆에 있습니다. 동생만 바라보고 뭐가 그리 좋은지 크게 웃기도 합니다. 준이는 멀찍이 떨어져 그 광경을 지켜봅니다. 그리고 두렵습니다. 모든 것을 빼앗긴 상실감을 느낍니다. 준이는 여러 차례 엄마를 부릅니다. 나를 봐달라고, 나도 엄마가 필요하다고. 그러나 엄마의 귀에는 동생의 울음소리만 들리는 것 같습니다. 이 책에는 어느덧 형, 누나, 오빠, 언니가 돼버린 첫째들의 표정과 어색한 몸짓 그리고 당황스러운 감정들이 잘 표현돼 있습니다.

그림책 수업을 시작하며 동생이 있는 아이들에게 물어봅니다. "동생이 몇 살이니?", "동생을 보면 마음이 어때?", "동생이 싫을 때도 있니?" 아이들은 답은 정해져 있다는 듯이 무심하게 답하곤 합니다. "제 동생은 귀여워요", "제 동생은 제가 많이 도와줘야 해요." 이렇게 말이지요.

하지만 그림책에서 준이가 동생 때문에 화가 난 장면이 나오면 비로소 우리 첫째들은 감정 이입을 합니다. 그리고 동생과 엄마에 대한 성토의 시간을 갖습니다. 이럴 때면 늘 아이들에게 강조합니다. "당연하지. 너무나 자연스러운 감정이야."

그러자 조심스럽게 한 아이가 마음을 고백했습니다. 엄마의 배 속에 동생이 생겼다는 일곱 살 여자아이, 혜민이였습니다. 꽤 오랜 시간 오직 자신만을 향한 엄마 아빠의 사랑을 경험한 아이인지라 그 사랑을 나눠야 할 동생의 존재가 불편해 보였지요. 그래서인지 수업을 마칠 때까지도 "별로 안 좋아요"를 반복적으로 이야기했습니다. "싫어요"가 아니라 "별로 안 좋아요." 절반은 솔직하고 나머지 절반은 솔직하지 못한 표현이었을 겁니다. 그런데도 크게 걱정이 되지는 않았습니다. "터울이 많은 동생이 곧 태어나는데 의기소침해진 큰아이가 염려된다"며 수업을 신청한 엄마의 존재 때문이었습니다. 샘이 날 수 있고 걱정될 수 있는 아이의 마음을 읽을 수 있는 부모였기에 분명 혜민이는 좋은 언니나 누나가 되어 있을 거라 믿습니다.

둘째를 가진 주변 사람 모두가 첫아이에게 몹시 엄격했다

고 말합니다. 반면 둘째에게는 무작정 너그러웠다고 기억합니다. 실제로 "둘째는 사랑"이라는 말을 당연하게 여기고요. 첫째 때 가졌던 서투름과 불안을 아무렇지 않게 말하기도 하고요. 아마도 처음 부모가 돼보는 서투름과 불안이 엄격함으로 첫째에게 표출됐던 것이 아닐까요.

그래서 모든 부모는 첫아이에게 빚진 마음으로 사는가 봅니다. 이 책이 그 시절 미처 바라보지 못했던 첫아이의 마음을 마주하는 데 도움이 되길 바랍니다. 그리고 아이에게 그 미안함을 전해준다면 부모나 아이나 한결 마음이 가벼워질 것만 같습니다. 첫째로서가 아니라 온전한 너로 살아도 좋다는 시그널은 아이의 마음을 넉넉하게 채워줄 거예요.

함께 읽을 아이가 있다면 이야기를 나눠보세요

- 동생이 생긴다면 어떤 동생이면 좋겠어?
- (언니/누나/형/오빠/동생)이 된다면 어떤 마음일까?
- (언니/누나/형/오빠/동생) 때문에 내가 소중하지 않은 존재로 느껴졌던 적이 있니?

아이와 1대1 시간을 갖는 것은 무척 중요합니다.
한 명 한 명에게 짧더라도 밀도 있는 시간을 제공해주세요.

함께 읽어보세요

- 동생이 태어날 거야 (존 버닝햄 글, 헬린 옥슨버리 그림, 홍연미 옮김, 웅진주니어)
- 피터의 의자 (에즈라 잭 키츠 글·그림, 이진영 옮김, 시공주니어)
- 내일 또 싸우자! (박종진 글, 조원희 그림, 소원나무)

동생이 생긴 너에게

카사이 신페이 글 | 이세 히데코 그림 | 황진희 옮김 | 천개의바람

새로 태어난 동생을 가족으로 받아들이기까지 형의 복잡하고 솔직한 감정을 담은 그림책입니다. 기대, 쓸쓸함, 두려움, 안도의 과정을 통과하는 첫째 아이들의 마음을 엿볼 수 있습니다. 여전히 너는 소중하고 또 소중한 나의 아기야. 둘째가 태어나며 외로웠을 큰아이를 꼭 안아줘야겠습니다.

나이에 맞게 산다는 것, 누가 정한 걸까

진정한 일곱 살

이십 대 초반에 사회생활을 시작한 저는 서른이 되기를 간절히 기다렸습니다. 발랄하고 통통 튀는 저의 이미지가 어린 나이 때문이라 여겼고, 그래서 서둘러 세월이 흘러가길 바랐습니다. 어려 보이는 게 싫어서 휘청거리면서도 하이힐에 올라 자세를 잡았고, 어른스러워 보이고 싶어 재킷을 걸치고 다녔습니다. 그때만 뿜을 수 있는 젊은 에너지인 줄을 모르고 그 싱그러운 기운을 덜어내고만 싶었습니다. 아나운서 하면 떠오르는 신뢰감과 무게감을 나이가 가져다주리라 믿었습니다.

기다렸던 서른이 되니 어른이 된 것 같았습니다. 서른과 동시에 결혼도 했고, 직장생활도 제법 해봤으니 사회적 기술과 경험을 두루 갖춘 셈이지요. 이제 진짜 어른이 된 것처럼 좋았습니다.

하지만 삼십 대가 된다고 달라진 것은 없었습니다. 생물학적 나이에 대한 존중은 받았지만, 자신이 만족할 만한 성과는 나이가 든다고 저절로 생기는 것이 아니었습니다. 그걸 깨닫고 나니 이제는 조급증이 생기기 시작했습니다. 그래서 삼십 대 중반부터는 무엇이라도 일궈나가려고 노력했습니다. 잠을 줄였고, 일을 할 때면 최대의 에너지를 쏟았습니다. 하지만 이십 대처럼 하고 싶은 것을 다 할 수는 없었습니다. 체력도 모자랐고, 주변 여건도 과거와는 달라졌더군요. 일과 육아를 병행하느라 지치기도 했습니다.

이제 마흔을 바라보며 인생은 조금씩 쌓아가는 것이지 갑작스럽게 달라지는 게 아니라는 사실을 알게 되었습니다. 다만 하고 싶은 일에 최선을 다해 몰입해야겠다는 생각만은 확실해졌습니다.

그림책 《진정한 일곱 살》은 작가의 아이가 일곱 살이 될 무렵부터 쓰던 표현 '진정한'에 착안해 이야기를 만들어갑니다. 자의식이 자라고 고집과 거부가 늘어나는 일곱 살. 이 나이에 '진정한'이라는 형용사가 붙는다면 어떤 의미가 될까요? 이 책에는 진정한 일곱 살의 모습이 다양하게 담겨 있습니다.

갑작스럽게 아이의 말이 미워지고 소통이 되지 않는다고 여겨진다면 '진정한 일곱 살'의 시기가 찾아온 것일지도 모릅니다. 일곱 살에겐 성의 없는 이야기가 통하지 않습니다. 관심을 표현하려면 구체적이고 세심하게 접근해야 합니다. 아이의 행동이나 요청을 허락하지 않으려면 논리적이고 타당한 이유가 있어야 합니다. 과거처럼 얼렁뚱땅 넘어갈 수 있는 일은 없습니다. 부모도 그에 맞는 연습이 필요한 시기입니다.

그림책학교의 일곱 살 아이들도 이 책의 내용에 크게 호응했습니다. 빠진 이의 개수를 세는 일과 공룡 이름을 외우는 부분을 좋아했고, 먹을 수 있는 것이 많아졌다는 사실에 가장 적극적인 자부심을 표현했습니다. 나도 이제 브로콜리와 오이, 파프리카를 먹을 줄 안다는 데에는 모두가 뿌듯함을 표현했습니다.

감수성이 예민한 한 아이는 이 책을 보고 우울해졌다고 합니다. 자기도 일곱 살이지만 이 책에 나온 것 중 여전히 못하는 게 많아 주눅이 든다나요. 일곱 살이 주는 자부심과 그만큼의 부담이 아이들에게 있다는 것을 알았습니다.

축 처져 있는 아이에게 웃으며 답했습니다. "선생님도 아직 혼자 못 자."

그제야 아이는 편하게 웃었습니다.

우리 모두 살아가며 한 살 한 살 나이를 먹습니다. 하지만 그 누구도 몇 살은 어떤 모습이라고 정확한 대답을 해줄 수 없을 겁니다. 잘 모르기 때문에 사는 게 궁금하고 재미있게 여겨질 수도 있겠습니다. 미리 다 정해져 있다면 하루하루가 시시할 테니까요.

'진정한 일곱 살'의 기준은 이 책을 읽은 아이들이 직접 정했으면 합니다. 아직 김치를 먹지 못하겠다면 과일로 대신해도 좋습니다. 우리 아이들이 남이 정한 기준에 주눅 들지 않고, 그저 조금 더 나아지고, 조금 더 성장하는 데서 만족감을 얻는다면 이 책의 역할은 충분했다고 생각합니다.

가장 사랑스러운 일곱 살 아이들에게 진정한 나다움을 발견하며, 매일 빛나는 하루를 채워나갈 수 있는 '진정한' 그림책이 되길 바랍니다.

함께 읽을 아이가 있다면 이야기를 나눠보세요

- 일곱 살이 되니 어떤 점이 좋아?
- 진정한 일곱 살이라는 건 어떤 의미일까?
- 몇 살이 가장 좋은 나이일 것 같아?

함께 읽어보세요

- 우리가 만들어 갈 세상 (올리버 제퍼스 글·그림, 김선희 옮김, 주니어김영사)
- 다시 시작하는 너에게 (유모토 가즈미 글, 하타 고시로 그림, 김숙 옮김, 북뱅크)
- 숨이 차오를 때까지 (진보라 글·그림, 웅진주니어)

진정한 일곱 살

허은미 글 | 오정택 그림 | 만만한책방

일곱 살은 혼자 할 수 있는 게 늘어나는 나이입니다. 부모가 없어도 괜찮다고 여기고 스스로가 뛰어나다 느끼는 자부심은 어느 때보다 높아집니다. 자연스럽게 나는 더는 아기가 아니라는 생각이 확고해지는 시기이기도 합니다. 일곱 살 아이를 키워낸 엄마가 쓴 그림책이기에 사실적이고 사랑스럽습니다. 일곱 살 아이들이 이야기하는 진정한 일곱 살의 자격이 궁금해집니다.

멋있게
패배하는 연습

네가 일등이야!

일 년 동안 그림책학교를 열심히 다녔던 여섯 살 준이가 종종 생각납니다. 이제는 일곱 살이 되었을 테고, 초등학교 입학 준비에 박차를 가하고 있겠지요.

준이는 사교육 열기가 뜨거운 지역에서 자랐습니다. 한글은 다섯 살에 진작 떼었고, 수와 과학에 특히 관심이 많았습니다. 어머니의 열의도 대단했습니다. 지식과 정보성 있는 그림책만 읽는 아이에게 다른 책도 재미있다는 걸 알려주기 위해 그림책학교에 등록했다고 어머니는 말했습니다. 준이는 인정욕구가 강했습니다. 대부분의 친구는 글자를 읽을 줄도 모르는데 선생님보다 큰 목소리로 미리 글자를 다 읽어버리곤 했지요.

친구들을 방해하려는 마음보다는 선생님의 칭찬과 인정을 원하는 눈치였습니다. 그런 준이에게 “빨리하는 것보다 함께하는 게 중요해”라고 이야기했던 기억이 납니다.

우리가 자라날 때만 해도 배움은 일종의 혜택이었습니다. 전후세대로 충분히 배울 기회를 얻지 못했던 우리의 부모님들은 배움의 기회를 감사히 여겨야 한다는 생각이 강했고, 그러다 보니 아이들의 정서를 세심하게 살피는 데는 한계가 있었지요. 친구와의 비교는 일상이었고 거기서 생기는 상처에는 무감각한 시대였습니다. 성적순으로 출석을 부르거나, 등수를 매겨 교실 벽에 걸어두고, 성적이 떨어진 아이들만 모아 교실 청소를 시키는 비인격적인 대우도 잦았습니다. 지금으로는 상상하기 힘든 일들을 초등학교 때부터 대부분의 아이가 견뎌낸 것입니다. 학교에서나 집안에서나 분위기는 비슷했습니다. 우리 곁에는 늘 세상에서 가장 뛰어난 엄마 친구 자식이 있었습니다.

‘나는 부모가 되면 그러지 말아야지’ 다짐했지만 다짐대로 행하기가 생각만큼 쉽지는 않습니다. 저만 해도 우리 아이보다 조금이라도 발달이 빨라 보이는 아이를 보며 조급증을 느끼곤 합니다. “우리 아이는 왜 말이 늦게 트이지?”, “저 아이는 벌써 자전거를 탈 줄 아네?” 대부분의 부모 마음이 그럴 겁니다. 요즘 아이들 역시 승패에 민감하고 일등을 갈망하는 경향이 강하다고 하네요. 하지만 우리는 현실에서 늘 일등을 할 수 없다는 걸 잘 알고 있습니다. 이기기보다 지기가 쉽지요. 언제나 일등만 하고 산다는 건 불가능합니다. 그 때문에 잘 지는 법을 배우는 게 중요한데, 누구도 '지는 법'을 가르치지는 않습니다. 늘 이기기만 하는 불가능한 존재를 가상해 교육이 이뤄지는 셈이지요.

잦은 패배를 경험한 사람은 무기력해지기 쉽습니다. 반면 늘 이기기만 한 사람은 한 번의 실수도 용납되지 않습니다. 승부는 모두에게 피로한 셈입니다. 졌을 때 느껴지는 힘든 감정을 어떻게 드러내는지에 따라 한 사람의 그릇이 드러나기도 합니다. 이기고 오만방자한 사람이나, 지고 세상 모두를 불편하게 만드는 이들 모두 별로인 건 마찬가지입니다. 져도 괜찮습니다. 다만 스멀스멀 올라오는 시기, 질투의 감정을 이겨내고 진정으로 상대방을 인정할 수 있을 때 비로소 아름다운 패배가 완성되는 것 아닐까요. 겉으로는 졌을지 모르지만 우리는 이를 통해 가장 높은 수준의 품격을 드러내기도 합니다.

그림책 《네가 일등이야!》는 일등만 꿈꾸는 아이들에게 제대로 지는 방법과 진짜 일등의 의미를 전합니다. 자동차 경주대회에 나간 주인공은 속력, 코너링 등 모든 부분에서 늘 일등이었습니다. 그 때문에 늘 자신감이 넘쳤지요. 그러던 어느 날, 내가 아닌 친구가 자동차 대회에서 일등을 차지했습니다. 처음으로 경험한 패배였지요. 내가 아닌 친구 매기에게 쏟아지는 환호성을 견디기가 무척 힘들다는 걸 처음 알게 됩니다.

패배를 경험한 주인공은 이제 날카로워졌습니다. 지난번 일등을 했던 친구에게 온갖 신경이 쏠리기 시작합니다. 다시 일등을 되찾기 위해 속력을 내는 주인공. 경주에서 선두로 나섰고 이제 일등이 눈앞입니다. 그때 내 앞을 지나가던 아기 새 다섯 마리를 발견합니다. 멈추지 않으면 새들이 다칠 수밖에 없는 상황. 갈등하던 주인공은 있는 힘껏 브레이크를 밟아 아기 새들을 구합니다. 그리고 자발적으로 꼴찌가 됩니다. 모든 걸 포기한 채 결승선에 도착한 주인공에게 뜻밖의 박수갈채가 쏟아집니다. 친구들이 한목소리로 말합니다.

"진짜 일등은 바로 너야!"

그림책을 본 아이들은 잘 지는 게 이기는 것보다 멋진 일이라는 걸 알게 됩니다.

아이가 승부에서 이기지 못하고 돌아왔을 때 '왜 졌어?"라고 말하기보다는 "멋있게 졌어?"라고 묻는 부모가 되고 싶습니다. 멋있게 질 줄 알아야 멋있게 살아갈 수 있다고 믿기 때문입니다.

함께 읽을 아이가 있다면 이야기를 나눠보세요

- 내가 항상 일등을 할 수 있다고 생각하는 것은 무엇이니?
- 누군가의 배려와 양보를 받아본 적이 있니?
- 박수를 받는 일등의 모습은 어떤 것일까?

져야 이기는 가위바위보 게임을 해보세요.
이 게임은 상대가 이기는 것에 기뻐하고,
내가 지는 것에 환호하는 예외적인 경험을 제공합니다.
승패와 관계없이 모두가 즐길 수 있는 시간이 될 것입니다.

함께 읽어보세요

- 아무도 이기지 않는 운동회 (김하루 글, 권영묵 그림, 북뱅크)
- 버니비를 응원해 줘 (박정화 글·그림, 후즈갓마이테일)
- 꼭 1등 할 거야! (사이먼 필립 글, 루시어 가지오티 그림, 서남희 옮김, 국민서관)

네가 일등이야!

그렉 피졸리 글·그림 | 김경연 옮김 | 토토북

자동차 경주 대회가 열린 날 언제나 일등을 하는 꼬마 멍멍이는 이번에도 자신만만합니다. 그런데! 처음으로 친구에게 일등을 빼앗기고 말았지요. 분하고 당황한 멍멍이는 심기일전 후 다시 경주에 임하지만 뜻밖의 상황과 마주합니다. 일등과 박수를 받는 일등은 무엇이 다른지 진정한 일등, 진정한 우승의 의미를 되새겨봅니다.

아빠의 변화는
이미 진행 중

아빠는 내가 지켜줄게

애TV 그림책학교에서는 아이들 수업뿐 아니라 가족 단위의 수업도 진행하곤 합니다. 그중 가장 우려됐던 수업은 아빠와 아이가 함께 하는 프로그램이었습니다. 예전보다는 나아졌다고 하지만 여전히 육아에 어려움을 느끼는 아버지가 많은 게 사실입니다. 일단 그림책학교까지 찾아오는 것도 부담스러워하고요. 그림책을 읽고 난 뒤 이어지는 만들기와 그리기 활동에서 얼마나 적극적으로 참여할지도 예측하기 어려웠거든요. 무뚝뚝한 아빠들이 그저 엄마 손에 끌려온 건지 아니면 의미와 기대를 가지고 수업에 참여하게 될지 자신할 수 없었습니다.

아빠와 아이가 함께 하는 첫 수업에서는 그림책《아빠는 내가 지켜줄게》를 다뤘습니다. 그림책은 딸아이를 사랑스러워 죽겠다는 표정으로 바라보는 아빠의 모습으로 시작됩니다.

"우리 예쁜 딸, 나중에 크면 좋은 사람이 우리 딸을 지켜주면 좋겠어."

딸아이가 되묻습니다.

"지켜주는 게 뭐야?"

지켜준다는 것의 그 많고 묵직한 의미를 아빠는 아이의 시선에 맞춰 설명해줍니다.

"좋아하는 사람이 힘들지 않게 도와주는 거야."

아이는 생각합니다. 나중에 내가 아빠보다 더 크면 그때는 내가 아빠를 지켜줄 거라고. 휴일이면 핸드폰만 들여다보는 아빠를 위해 핸드폰이 주렁주렁 달린 나무를 심어줄 상상, 양말을 뒤집어 내어놓는 아빠의 습관을 알고 빨래 뒤집어주는 로봇을 만드는 상상, 택배 일을 하는 아빠의 일을 덜어주고 싶어 아빠의 날개가 되어주는 아이의 상상이 기특하고 사랑스럽습니다.

예상대로 아빠와 아이가 함께 하는 수업을 신청한 건 대부분 엄마였습니다. 대부분의 아빠는 "그냥 아내가 가라 해서 왔어요"라고 답하며 불안해했습니다. 팀 이름을 정하는 작업부터 시작했습니다. 워밍업 단계지만 아빠와 아이의 관찰은 여기서부터 시작됩니다. 선생님은 그림책을 읽어나가며 아빠와 아이들을 관찰합니다. 중간중간 성향을 파악할 수 있는 질문과 답변도 주고받습니다. 책 속의 내용에 맞춰 선생님이 묻습니다.

"얘들아, 지켜준다는 건 뭘까?"

"사랑하는 거요."

"힘이 센 거요."

"아버님, 지켜준다는 건 뭘까요?"

잠시 침묵이 흐르다가 누군가 답변했습니다.

"자식에게 내 목숨을 기꺼이 내어주겠다는 마음이오."

내심 놀랐습니다. 마음으로는 생각할지언정 표현하고 감정을 드러내는 데 더 긴 시간이 걸릴 줄 알았는데 생각보다 빨리 마음을 드러내서요.

아빠와 아이들 앞에는 다양한 재료가 준비돼 있었습니다. 재료를 활용해 자기 모습을 표현해보는 시간이었는데요, 동물, 물건, 사람 어떤 형태도 상관없다는 가이드를 줬습니다. 아빠들은 투박한 손으로 낯설고 생소한 재료들을 자르고 구부리고 주무르며 열심히 표현해나갔습니다. 그렇게 만들어진 각자의 모습을 아빠와 아들이 맞바꿉니다. 그리고 아빠에게 아들에게 필요하다 생각되는 것들을 채워 넣도록 했습니다. 쉽지 않은 작업이었습니다. 아빠들은 대체로 한참을 고민하고 침묵했습니다. 작업을 시작하는 데도 시간이 걸렸습니다. 그런데도 참가한 아빠들은 모두 이 어려운 작업을 해냈습니다. 각자의 자리에는 그럴싸한 작품들이 완성됐고 아이들은 아빠를 위해 무언가를 해줬다는 사실에 마냥 즐거워했습니다.

일곱 살 지형이는 자신을 햄버거로 표현했습니다. 세상에서 가장 맛있는 햄버거랍니다. 이유는 간단합니다. 본인이 햄버거를 가장 좋아하기 때문이라나요. 지형이의 작품을 받은 아빠는 어떻게 무얼 덧붙였을까요? 아빠는 거의 변화를 주지 않았습니다. 오히려 두툼했던 지형이의 햄버거 속 재료를 조금 빼서 햄버거는 얇아졌습니다. 아빠는 차분히 설명했습니다. "세상에서 제일 맛있는 햄버거라고 해서 조금 맛없어 보이게 바꾸었어요. '최고'가 되면 주변의 시기와 질투가 있잖아요. 최고의 자리를 지키려는 부담도 너무 버거울 수 있고요. 그래서 자기가 만족할 수 있을 만큼만 맛있는 햄버거. 그래서 마음 편하게 그럭저럭 살아갈 수 있는 사람이 되라는 의미예요."

아빠들은 모두 고개를 끄덕였습니다. '지켜준다'는 것의 의미는 그런 것일 수도 있겠습니다. 덜 빼어나도 좋으니 조금만 다치고 조금만 상처받길 바라는 마음 말이에요. 수업을 진행

하다 보니 제가 아빠들을 오해했다는 걸 깨달았습니다. 제 기억 속에 있던 우리 시대 아버지의 모습이 아니었습니다. 대부분 아이와의 상호작용에 능했고, 아이의 선택을 존중했고, 아이를 기다려줄 줄 알았습니다. 훌륭한 사람이 되어라, 최고가 되어라가 아니라 스스로 만족하고 행복하면 충분하다고 아빠들은 말했습니다. 벅찼고 감동적이었습니다.

아빠와 아이의 수업 시간을 통해 우리는 모두 느꼈습니다. 지켜주는 사람도, 보호받는 사람도, 우리는 서로가 있어 행복하다는 것을요. 섬세하지 못하다고, 왜 아이에게 그렇게밖에 안 하냐고 나무랄 것 없습니다. 아빠들은 최선을 다하고 있고, 아이는 충분하게 아빠의 버팀목에 기대어 있으니까요.

함께 읽을 아이가 있다면 이야기를 나눠보세요

- 지켜준다는 건 뭘까?
- 아빠가 나를 지켜주고 있다고 느낄 때는 언제야?
- 좋아하는 사람을 위해 꼭 해줘야 하는 것이 있을까?

함께 읽어보세요

- 금요일엔 언제나 (댄 야키리노 글·그림, 이순영 옮김, 북극곰)
- 내 옆의 아빠 (수쉬 글·그림, 위문숙 옮김, 주니어김영사)

아빠는 내가 지켜줄게

고정순 글·그림 | 웅진주니어

부모들은 일방적으로 우리 아이들을 지켜준다 생각하지만 꼭 그렇지만은 않습니다. 아이들은 자신만의 방식으로 부모를 사랑하고 지켜주고 있거든요. 책 속의 아이는 쉬는 날 아빠가 푹 잘 수 있게 해주고, 아빠가 좋아하는 일을 실컷 할 수 있게 해주고 싶어 합니다. 지켜준다는 게 그리 거창할 필요는 없습니다. 안쓰러움, 걱정, 두려움과 같이 우리가 일상에서 느끼는 감정 모두가 어찌 보면 누군가를 사랑하고 지켜주고 싶은 마음이니까요. 지켜준다는 것의 의미를 다시 한번 생각하게 만드는 그림책입니다.

성장에 필요한 건 애정과 관심, 끈기

색깔 손님

호진이는 그림책학교의 수업을 거의 모두 들은 친구입니다. 또래 아이들보다 체구가 작았지만, 흥이 많았던 호진이는 자신의 감정과 상황에 즉각적으로 반응했습니다. 짜증이 나면 심하게 떼를 썼고 화를 내기도 했습니다. 호진이 엄마는 아이를 객관적으로 파악하고 있었어요. 감정 통제하는 법을 익히기 위해 놀이치료와 미술치료를 꾸준히 받아왔고, 그러다 보니 책을 읽는 시기와 방법을 놓친 것 같다고 판단했습니다. 그래서인지 먼 거리를 마다하지 않고 일주일에 한두 번씩은 반드시 수업에 참여했습니다. 그림책학교를 향한 전적인 신뢰와 적극적인 태도 때문에 호진이에게는 유독 더 마음이 쓰였습니다.

호진이와 엄마가 함께 수업에 참여하는 시간이었습니다. 비스킷과 젤리를 활용해 과자 집을 만드는 활동이 준비돼 있었습니다. 비스킷을 세워 벽을 만들고 단단해진 기둥 위에 무너지지 않을 지붕을 세우는 과정은 생각보다 쉽지 않았습니다. 집이 흔들리지 않도록 한 명은 중심을 잡아야 했고, 다른 한 명은 차근차근 뼈대를 세워나가야 했거든요. 모두 차분하게 그럴싸한 집을 짓고 엄마도 아이도 성취감에 취해 있을 즈음 호진이가 큰 소리를 내기 시작했습니다. 본인이 쓰고 싶었던 재료를 엄마가 사용했던 모양입니다.

"아, 왜 이렇게 하냐고, 나는 싫어! 정말 기분이 나쁘다고."

"그랬구나. 호진아, 미안해. 엄마는 네가 쓰려고 하는지 몰랐어."

"왜 모르냐고! 왜! 나는 화가 난다고!"

"그래, 그럼 지금 어떻게 하면 좋을까? 엄마가 붙인 걸 떼어서 다시 호진이에게 줄까?"

호진이의 흥분한 모습을 수업에 참여한 다른 엄마와 아이들도 숨죽여 지켜보고만 있었습니다. 어른들은 혹여나 아이가 더 흥분할까 봐 못 본 척 과자 집 만들기에 열중했지만 숨길 수 없는 아이들의 눈빛은 모두 호진이와 엄마에게로 향했습니다. 아마 이런 마음이었겠죠. '와, 쟤 이제 엄마한테 엄청나게 혼나

겠다.'

수업을 마치고 집에 갈 채비를 하다 아이들이 갑작스레 짜증을 내는 경우가 많습니다. 짜증의 이유는 대부분 사소합니다. 오늘 만든 작품이 엄마 때문에 구겨졌다든지, 스티커 하나가 없어졌다든지 하는 그런 일들입니다. 그럴 경우 대다수의 엄마는 처음에는 침착하게 달래다가 사람들의 눈을 의식해 화장실로 아이를 데려갑니다. 그러고는 어김없이 큰소리가 납니다. 저라도 같은 방식이었을 거예요.

하지만 호진이 엄마는 자리를 피하지 않았습니다. 모두의 눈이 향해 있는데도 침착함을 유지하고 있었습니다. 그리고 계속 호진이와 대화를 시도했어요. 20분가량 실랑이를 벌였을까요. 호진이의 분노는 점차 사그라들었고, 엄마는 호진이가 선택할 수 있는 대안을 제시하며 그중 하나로 타협을 해나갔습니다. 누군가는 20분의 실랑이를 민폐라고 생각했을지도 모릅니다. 그러나 우리는 모두 엄마였습니다. 이게 호진이만의 일이 아니라 자식을 가진 우리가 함께 해결해야 할 순간이란 걸 모두가 알고 있었습니다. 그 자리에 있던 어른들은 모두 한마음으로 호진이의 감정 통제와 성장의 순간을 응원했습니다.

수업을 마치고 다시 기분이 좋아진 호진이를 꼭 끌어안아 준 엄마는 땀을 닦았습니다. 왜 그 순간의 견딤이 어렵지 않았겠어요. 그 또래의 아이들이라면 컨디션에 따라 상황과 관계없이 조절력을 잃기도 해요. 어른이 아니기에 당연한 겁니다. 진땀 뺐을 엄마에게 선생님은 진심의 말을 전했습니다.

"어머니가 참 대처를 잘하시네요. 아이와 함께 흥분하지 않고, 남들 눈치 보며 아이의 요구를 들어줘 일시적으로 해결해버리지 않고, 원칙을 갖고 잘하셨어요. 그거면 됩니다."

그랬던 호진이가 이제 초등학교에 입학합니다. 그림책 수업 마지막 시간에 호진이는 이렇게 외쳤습니다. "그림책학교 선생님. 형아 반도 만들어주세요, 제가 이제 형아가 됐으니까요."

여러 차례 '형아'라는 표현을 쓴 호진이가 절반은 아이 같았고 절반은 다 큰 어른 같았습니다. 그러고 보니 최근 6개월간 호진이는 관심이 없는 주제에도 자리를 이탈하지 않았고, 하고 싶은 말이 쏟아져도 다른 친구의 이야기를 들어줄 줄 아는 형아가 돼 있었습니다. 호진이 엄마는 마지막 수업을 마치고 장문의 메시지를 남겼습니다.

"마지막 수업을 마치니 눈물이 나네요. 제가 가장 힘들 때 힘을 얻고 에너지를 받고 즐거운 추억만 가득한 곳인데 졸업을 하는 기분이라… 항상 호진이에게 애써주셔서 감사합니다. 늘 응원하겠습니다. 오늘 마지막 수업이 호진이는 가장 즐거웠대요."

호진이와 함께 한 마지막 그림책은《색깔 손님》이었습니다. 겁 많고 외로운 엘리제 할머니의 집. 할머니 집의 작은 창문 틈 사이로 종이비행기가 날아듭니다. 낯선 종이비행기가 불안했던 할머니는 비행기를 태워버리고 맙니다. 비행기를 날려 보냈던 '에밀'이라는 아이가 그 뒤로 할머니 집을 정기적으로 방문하기 시작합니다. 소년이 할머니의 집에 들어서서 한 발씩 내디딜 때마다 고립과 고독으로 회색빛을 띠었던 집은 알록달록 아름다운 색으로 물들어갑니다. 사람을 피해 사는 삶이 최선의 삶이라고 믿었던 엘리제 할머니. 하지만 사랑스러운 손님의 방문으로 할머니는 이제 누군가를 기다리는 행복을 알아갑니다.

책 속의 어린이 손님 '에밀'이 마치 호진이 같았습니다. 좋고 싫고 기쁘고 신나는 감정을 충분히 표현하는 호진이 덕분에 우리의 수업은 좋은 기억들이 많았습니다. 덤덤하고 정제된 감정과 표현만을 구사하는 아이들은 호진이의 자연스럽고 어린이다운 행동에 쉽게 무장 해제되곤 했지요.

이제 형아가 된 호진이에게 이 말만은 꼭 전해주고 싶습니다. 그림책학교에 아름다운 색을 불어넣어 준 색깔 손님이 바로 너라고요.

함께 읽을 아이가 있다면 이야기를 나눠보세요

- 너의 마음을 행복하게 해주는 '색깔 손님'은 누구일까?
- 우리가 지나간 자리에는 어떤 색이 남을 것 같니?
- 우리 할머니에게 선물하고 싶은 예쁜 색은 뭘까?

함께 읽어보세요

- 나의 친구 아그네스 할머니 (줄리 플렛 글·그림, 황유진 옮김, 북뱅크)
- 작은 새가 온 날 (이와사키 치히로 글·그림, 엄혜숙 옮김, 미디어창비)
- 여보세요? (팽샛별 글·그림, 위즈덤하우스)

색깔 손님

안트예 담 글·그림 | 유혜자 옮김 | 한울림어린이

엘리제 할머니는 외롭습니다. 경계심과 두려움이 많기 때문에 늘 혼자이기를 선택하지요. 그래서 할머니가 사는 세상은 온통 회색빛이에요. 어느 날, 적막한 할머니의 집을 찾아온 소년. 그리고 소년의 발걸음을 따라 할머니의 집은 아름다운 색으로 물들기 시작하네요. 뜻밖의 손님으로 할머니의 삶에 기쁨이 생겨납니다.

낯선 목소리에
귀 기울이기

위를 봐요!

그림책학교를 열고, 매달 200여 명의 아이들을 만나왔습니다. 만나는 아이들 그리고 부모님 모두가 제게는 배움의 대상이었어요. 부모님이 어떤 생각과 태도를 가졌는지에 따라 아이들의 모습은 크게 다르더라고요. 부모의 특질을 아이는 그대로 닮아가고 있었습니다. 교육받을 때는 몰랐는데 제공하는 입장이 되니 알게 되는 것들도 있었습니다. 미리 알았더라면 나도 좀 더 잘 할 수 있었을 텐데 하는 아쉬운 마음이 들기도 하더군요.

그림책학교 수업을 어떻게 하면 더 잘 활용할 수 있을지 묻는 분들이 많습니다. 그때마다 저는 10분만 먼저 도착해도 수업이 달라질 거라고 말씀드리는데요. 어른들도 공간과 사람을 편하게 느끼는 데 얼마간의 시간이 필요하듯 아이들 역시 그러합니다. 수업 시작 전 조금 일찍 도착한 아이들은 주위를 둘러보고 관찰하며 이곳이 안전하고 따뜻하다는 안도감을 느끼게 됩니다. 그리고 재미있는 수업이 시작될 것이란 기대를 하게 되지요.

그뿐만이 아닙니다. 수업이 시작되기 전 아이와 교사가 나누는 이야기 속에는 아이에게 도움이 될 만한 여러 정보가 포함됩니다. 오늘은 어떤 책을 읽고 무슨 활동을 할 것인지 얘기를 나누게 되고 조금 어려울 수도 있지만, 힘을 내보자는 격려도 건네게 됩니다. 때로는 이 수업이 재미있을 수밖에 없다는 기대감을 주기도 합니다. 이런 준비가 아이들의 자신감을 높여주고 수업에 더 적극적으로 참여하게 해줍니다. 다소 산만한 아이에게도 수업 시작 10분 전 도착은 순기능을 합니다.

수업 시작 전 10여 분의 시간은 아이들끼리 활력을 주고받는 시간이기도 합니다.

"선생님 저 수업 끝나고 엄마랑 삼계탕 먹으러 가요. 이 동네에 맛집이 있대요."

이 말을 듣고 가만히 있을 아이들이 아닙니다.

"나는 어제 치킨 먹었는데."

"나는 오늘 할머니네 가기로 했는데."

아이들은 누구도 묻지 않은 과도한 정보를 쏟아냅니다.

"선생님 저 책 우리 집에 있어요."

"나는 엄마가 사줬는데, 그림책 수업 끝나고 보여준대요."

제사보다 젯밥에 관심이 있는 아이에게 오늘 책에 대한 화두를 던져주기도 합니다.

어디 이뿐일까요. 원하는 자리를 선택해서 앉을 수도 있고, 수업 전 마음 맞는 친구를 알아가는 과정도 흥미를 높입니다. 그러나 저도 압니다. 수업 시작 10분 전에 도착하는 것이 말처럼 쉽지 않다는 것을 말이죠. 학원에 다니던 시절 저 역시 대부분의 경우 수업에 임박해 도착했고, 간혹 서두른 날은 어이없이 일찍 도착해 진을 빼기도 했습니다. 수업 시간 10분 전 도착은 엄마의 철저한 계획과 실천이 있을 때나 가능한 까다로운 결과임이 분명합니다.

지우는 그림책학교 수업에서 꾸준히 만나온 아이입니다. 여섯 살 때부터 수업에 참여했는데, 초등학생이 돼서도 주기적으로 수업을 듣고 있습니다. 지우 어머니는 수업을 신청하는데 자신만의 기준이 있었습니다. 지우 나이보다 조금 수준이 높은 책을 골랐고, 지우가 좋아하는 물감 활동이 있는 수업이면 반드시 참여했습니다. 또 혼자 읽기보다는 또래와 함께할 때 즐거움이 배가될 책을 좋아했습니다.

지우 어머니는 필요한 말을 정갈하게 전하는 분이었습니다. 이런 섬세한 엄마 덕인지 지우는 또래보다 정서적으로 안정됐고 독립적인 아이였습니다. 지우는 늘 수업 시작 10분 전에 도착했습니다. 서둘러 뛰어오는 법도 없고요. 장맛비가 쏟아지는 날이건 그림책학교 근처 광화문에서 집회가 열리는 날이건 달라질 건 없었습니다. 지우는 제일 먼저 원하는 자리를 선택했고, 선생님과 대화를 나누며 친구들을 맞았습니다.

지우가 입학을 앞둔 어느 날, 늘 들고 다니던 가방에서 파일 한 권을 꺼내 살펴보고 있었습니다. 무언가 자랑을 하고 싶어 하는 눈치였습니다. 곁으로 다가가 지우의 파일을 살펴보았습니다. 그 파일에는 여섯 살 무렵부터 그림책학교에서 쓰고 적은 종이와 집에서 다시 읽고 그려본 자료들이 차곡차곡 담겨 있었습니다. 지우와 지우 어머니는 지우만의 포트폴리오를 만들어가고 있었던 거죠.

그런 지우가 유난히 좋아했던 책은 정진호 작가의《위를 봐요!》였습니다. 수지는 사고로 다리를 잃었습니다. 그래서 늘 아파트에서 밖을 바라보는데, 그러다 보니 수지의 시선은 늘 위에서 아래를 향할 수밖에 없었습니다. 수지는 사람들의 얼굴을 보기 힘들었습니다. 걸어 다니는 사람들의 정수리만을 봐야 했지요. 수지는 혼자 속삭였습니다.

"위를 봐요. 내가 여기 있어요."

수지의 혼잣말이 기적을 만들어냈을까요. 한 아이가 바닥에 누워 수지를 바라봤습니다. 눈과 눈이 마주쳤고 아이의 행동으로 수지의 주변은 변화되기 시작합니다. 단조로웠던 흑백 장면들에 조금씩 생기가 묻어납니다. 우리가 주변을 두루 살펴야 하는 이유는 모두의 시선이 나와 같지만은 않기 때문이라는 걸 이 책은 알려주고 있습니다.

지우는 이 책을 좋아했을 뿐만 아니라 활동에도 열심히 참여했습니다. 하나의 사물을 여러 방면에서 바라본 단면을 목탄으로 그리는 작업이었습니다. 지우는 그날 사용하고 남은 목탄을 필통에 넣어갔었는데, 지우의 파일 안에는 남은 목탄으로 그린 냄비와 인형 그림이 가득했습니다. 그리고 그림책 속 수지에게 "이리 와, 나랑 놀자"라고 쓴 메모도 눈에 띄었습니다.

저는 지금도 지우와 지우 엄마를 생각합니다. 아이가 그린 허술한 그림이 중요하게 느껴지지 않을 때 지우의 노란 파일을 떠올립니다. 아이가 쌓아가는 배움과 경험의 시간을 켜켜이 간직하고 결과물로 보이도록 하는 것이 엄마가 해줄 수 있는 무척 중요한 역할이라는 확신과 함께요. 오랜 시간이 지나도 그림책《위를 봐요!》를 펼칠 때면 지우의 노오란 파일을 떠올릴 것 같습니다.

함께 읽을 아이가 있다면 이야기를 나눠보세요

- 우리가 책 속의 수지를 위해 해줄 수 있는 일은 뭘까?
- 우리가 수지에게 받을 수 있는 도움은 뭐가 있을까?
- 이해와 배려를 받은 경험이 있니?

그림책을 통해 장애 인식을 개선하는 것이 필요합니다.
아이가 장애인을 1. 나와 똑같은 욕구를 가진 사람,
2. 도와줘야 할 대상이 아니라 함께해야 할 사람으로
편견 없이 대할 수 있도록 도와주세요.

함께 읽어보세요

- 병하의 고민 (조은수 글·그림, 한울림스페셜)
- 털북숭이 형 (심보영 글·그림, 그레이트북스)
- 엄마는 너를 위해 (박정경 글, 조원희 그림, 낮은산)

위를 봐요!

정진호 글·그림 | 현암사

사고 때문에 다리를 잃은 수지의 시선에서 그림이 전개됩니다. 그저 고층 아파트에서 평범한 일상을 내려다볼 수밖에 없는 수지에게 세상은 흑백의 지루한 세상일 뿐이지요. 처음으로 수지의 눈을 바라본 한 친구로 인해 위에만 머물러 있던 수지의 시선은 달라집니다. 비로소 세상에 아름다운 색이 입혀집니다. 전율과 감동을 담은 그림책입니다.

천천히, 너를 보여줘

달팽이학교

그림책학교에서는 함께 책을 읽고 저마다의 느낌을 공유합니다. 다음 장면을 유추해보는 것도 책 읽기의 큰 즐거움 중 하나지요. 사실 5~7세 아이들이 30분 동안 책을 읽는다는 건 꽤 어려운 일입니다. 그래도 재미를 붙이기 시작하면 곧잘 해내는 걸 보면 책 읽기 습관이란 게 무척 중요하다는 걸 다시 한번 알게 됩니다. 책 읽기를 마치면 아이들은 난상토론을 시작합니다. 읽은 책에 대한 자신들의 생각을 말하고 친구들의 말을 경청해보기도 하죠. 아무래도 처음에는 적극적인 성격을 가진 아이들이 분위기를 주도합니다. 반면 내성적인 아이들은 적극적인 친구들을 보며 조금씩 용기를 내보지요. 시간이 지날수록 자연스럽게 치열하고 열정적인 분위기가 샘솟습니다.

다은이는 말이 없는 아이였습니다. 또래 여자아이들보다 쑥스러움이 많았고 그래서 더 충분한 시간이 필요해 보였습니다. 두 달이 지났지만 다은이는 여전히 고개를 끄덕이거나 젓는 것만으로 의사를 표현했습니다. 그 외의 말은 없었습니다. 물론 다은이는 적극적으로 의견을 이야기하지 않았을 뿐 누구보다 책 읽기에 집중했고 친구들 이야기에 귀 기울였습니다. 그림책 읽기를 좋아하고 이 공간을 편안하게 여긴다는 것을 충분히 느낄 수 있었습니다.

다은이 어머니는 수업마다 아이들 간식거리를 준비해왔습니다. 다은이뿐 아니라 친구들 간식까지 모두 보랭 가방에 정갈하게 담아왔지요. 요구르트, 쿠키처럼 간단한 것부터 직접 만든 주스, 직접 구운 빵까지 간식에는 늘 정성이 가득했습니다.

다은이는 엄마가 준비해준 간식을 친구들에게 나누어줬습니다. 친구들 이름을 부르며 다가가 쿠키와 요구르트를 내밀었습니다. 그 잠깐의 시간 동안 아이들은 "○○야 이거 먹어", "○○야 고마워"라고 말하며 서로 눈을 맞추고 이름을 주고받았습니다. 엄마의 속 깊은 배려로 다은이는 서서히 친구들 사이로 스며들었습니다. 눈치채지 못할 만큼 아이에게 개입하는 것 역시 필요하다는 걸 다은이 엄마를 보고 알게 됐습니다.

이제 다은이는 묻지 않아도 술술 이야기를 풀어놓습니다. 오늘은 친구와 키즈 카페에 가기로 했다든가 할머니 집에서 자고 왔다는 이야기를 먼저 꺼내기도 합니다.

하루는 다은이가 아빠와 함께 그림책학교에 왔습니다.

"다은아 안녕, 오늘은 아빠와 왔구나. 그 사이 엄마가 좀 쉬시면 좋겠다."

이렇게 인사를 건넸습니다. 그러자 다은이는 늘 그렇듯 요란하지 않은 표정으로 말하더군요.

"엄만 그래도 못 쉬어요. 동생들 있어서요."

"동생들? 다은이는 동생이 한 명이 아니구나."

"네. 동생이 두 명이에요. 쌍둥이예요."

"우와 다은이가 제일 큰 누나였구나. 쌍둥이 동생들이 있어서 어때?"

"다 귀여워요. 내가 많이 놀아줘요."

다은이와의 시간을 복기해봅니다. 다은이는 늘 침착했습니다. 친구들이 흥분하며 소리를 지를 때도 그저 지그시 웃고 있지요. 유난스럽지 않게 친구들을 챙겨주는 모습도 여러 번 보았습니다. 마음껏 어지르고 엉망이 되는 활동 시간이면 늘 필요한 만큼 자신을 챙길 줄도 알았습니다. 친구들의 동생이 오면 머리를 쓰다듬거나 손을 잡아주기도 했습니다. 아이답지 않게 덤덤하고 속이 꽉 찬 아이였습니다.

다은이와 함께 읽은 그림책은《달팽이학교》입니다. 책을 펼치면 달팽이들의 학교생활이 시작됩니다. 소풍도 다니고 수업도 받습니다. 달팽이학교의 가장 큰 문제점은 달팽이 선생님들의 행동이 너무 굼뜨다는 것입니다. 학생들은 매번 선생님을 기다리느라 지쳐갑니다. 그중 가장 느린 달팽이는 교장 선생님 달팽이인데 너무 느린 교장 선생님 때문에 밤이 돼서야 운동회를 열기도 합니다. 그뿐이 아닙니다. 이웃 보리밭으로 소풍을 다녀오는 데 일주일이 걸렸고 김밥을 싸는 데는 사흘이 걸립니다. 화장실이 급해 전속력을 다해 달려보지만 결국 실례를 하고 맙니다. 하지만 느려도, 늦어도, 실수해도 아무 문제가 없습니다. 우리는 모두 느려도 괜찮은 달팽이기 때문입니다.

이제 활동 시간입니다. 클레이로 달팽이 몸을 만들고 등에는 생화를 꽂는 작업이었어요. 새벽 꽃시장에 들러 넉넉하게 준비해둔 꽃으로 아이들은 자기 달팽이를 만들었습니다. 다은이 역시 세상에서 가장 예쁜 자신만의 달팽이를 완성했고요. 평소처럼 조용히, 하지만 재빠르게 자신의 역할을 마친 다

은이는 다시 혼자서 책을 집어 듭니다. 글자를 아직 읽을 줄 모르지만 그림만으로도 혼자만의 책 읽기는 충분히 가능합니다. 하얀 얼굴에 가만히 미소를 띤 다은이의 모습이 아직도 선명합니다.

책을 다 보고는 다은이가 말합니다. “진짜 웃기다.” 다은이에게 ‘진짜’라는 부사는 한 번도 들어본 적이 없는 최대치의 표현이었습니다. 수업을 준비한 저도 덩달아 신이 났습니다.

이 책을 보며 다은이가 달팽이와 비슷한 면이 있다는 생각이 들었습니다. 주변 분위기나 친구들의 감정에 쉽게 동요되지 않는 사람, 그러면서 자신만의 흐름으로 살아가는 사람, 그래서 늘 중심이 잡혀 있는 그런 사람 말이에요. 다른 사람들이 모두 달리고 있어도 나는 내 속도대로 나아가고 싶습니다. 방향만 맞는다면 속도는 중요치 않다는 걸 이제는 알 것도 같습니다.

함께 읽을 아이가 있다면 이야기를 나눠보세요

- 나도 달팽이처럼 느릿느릿해지고 싶을 때가 있을까?
- 달팽이처럼 천천히 움직일 때 좋은 점은 뭘까?
- 달팽이는 속도를 높이고 싶을까?

주로 참고, 인내하는 아이에게는 원하는 것,
하고 싶은 것을 자주 물어주세요.
주도하고, 선택할 기회가 많아야 욕구를 표현하는 것에
어려움을 느끼지 않습니다.

함께 읽어보세요

- 속도와 거리는 하나도 중요하지 않아 (마달레나 마토소 글·그림, 민찬기 옮김, 그림책공작소)
- 엠마 (웬디 케셀만 글, 바바라 쿠니 그림, 강연숙 옮김, 느림보)

달팽이학교

이정록 시 | 주리 그림 | 바우솔

달팽이는 자신들만의 속도로 세상을 살아갑니다. 김밥을 만들거나 소풍 가는 길도 천천히. 느릿느릿. 남들이 보기에는 이상할지도 모르지만, 자연의 리듬에 맞춰 제 속도로 살아가는 이들에겐 아무것도 문제될 게 없습니다. 남들보다 빠르게 또 많이 움직이려고만 했던 나를 돌아보게 됩니다. 속도를 늦추니 더 많은 것들이 보이기 시작합니다.

네 마음이 원할 때,
그때 시작하면 돼

엄마 껌딱지

그림책학교 수업을 등록할 때면 엄마와의 분리가 이루어져 수업이 가능한지를 반드시 물어봅니다. 보통 다섯 살쯤 되면 처음 방문한 공간에서도 엄마와의 분리가 어렵지 않게 이뤄지는데요. 분리가 어려운 친구들은 무리해서 수업을 듣지 않는 게 좋다고 조심스럽게 말씀드립니다. 자연스럽게 이뤄져야 할 엄마와의 분리가 인위적이고 강압적으로 이뤄지면 안 되기 때문이죠. 때로는 갈팡질팡하는 마음에 힘들어하는 아이도 있습니다. 수업은 듣고 싶은데 차마 엄마 손은 놓지 못하는 경우지요. 안타까운 마음에 최대한 아이의 적응을 도우려 하지만 굳이 무리할 필요는 없다고 생각합니다. 수업은 나중에 들어도 괜찮으니까요.

'엄마 껌딱지'라는 주제로 엄마와 아이가 함께 참여하는 두 차례의 연속 수업은 엄마로부터의 독립을 도와주고자 하는 뚜렷한 목적이 있었습니다. 엄마와 아이가 함께 스킨십을 동반한 활동을 하며 낯선 공간에 대한 어려움을 극복하게 도와주고 싶었고, 수업이 엄마와의 헤어짐을 뜻하는 게 아니란 걸 자연스럽게 알려줘 안정감을 높이는 게 목표였습니다.

그림책학교에 숨겨진 젤리를 엄마와 함께 찾는 활동으로 수업이 시작되었습니다. 젤리는 그림책학교 안과 밖에 잘 숨겨져 있었고요. 엄마 옆에서 어쩔 줄 모르던 아이들이 하나둘 움직이기 시작합니다. 어떤 아이는 혼자서 뛰어다니기도 하고 엄마 손을 붙잡고 함께 가려는 아이도 있었어요. 수업 전에 몸을 비비 꼬며 어색해하던 아이들이 조금 편안해지고 있다는 게 느껴졌습니다. 결국 아이들은 숨겨둔 젤리를 전부 찾아냈습니다.

이렇게 달콤하고 쫀득한 젤리 찾기 수업에 궁극적으로 엄마와의 분리를 도우려는 뜻이 있다는 걸 아이들은 전혀 눈치채지 못했겠지요.

그다음에는 엄마가 없을 때 나의 얼굴이 어떤지 그려보는 시간을 가졌습니다. 아이들이 저마다의 얼굴을 그립니다. 무섭고 혼란스러운 표정들이 많습니다. 엄마가 없을 때면 왜 이런 표정을 짓게 되는지 아이들이 설명하기 시작합니다.

"엄마가 없으면 너무 무서워요."

그러면 엄마가 옆에서 자신의 감정을 말해줍니다.

"수현이가 눈앞에 없으면 엄마도 너무 걱정되고 또 보고 싶어."

네가 그런 것처럼 엄마도 늘 너를 그리워하고, 보고 싶어 한다는 말은 우리 껌딱지 아이들에게 큰 위로가 됩니다. 네가 없다고 너를 잊는 것이 아니고, 싫더라도 우리가 받아들여야 하는 과정이라는 말도 덧붙입니다.

《엄마 껌딱지》는 분리를 어려워하는 우리 아이들 이야기를 담은 그림책입니다. 단순한 색 사용과 절제된 선 그리고 센스가 넘치는 플랩이 무척 세련되고 매력적입니다. 엄마를 너무 좋아해서 떨어지기 싫어하는 아이가 기발한 상상을 합니다. 엄마 치마에 딱 달라붙어 사는 상상이지요. 엄마의 치마 속에서 잠을 자고, 미끄럼틀을 타고, 밥을 먹거나 수영을 하는 껌딱지가 보입니다.

하지만 시간이 지나며 아이는 자연스럽게 독립적으로 성장해나가게 됩니다. 엄마로부터의 분리가 어려워 보여도 시간이 지나면 자연스럽게 해결될 문제라는 것. 결국 우리에게 필요한 건 충분한 시간과 사랑이라고 그림책은 이야기합니다.

아이들은 이 책을 무척 집중력 있게 읽었습니다. 그리고 엄마는 간절하게 아이의 분리를 도우려 노력했습니다. 엄마가 곁에 있으니 아이들은 안정적이었습니다.

가장 기억에 남는 친구는 일곱 살 수현입니다. 참여한 다른 친구들보다 나이도 많았고 그만큼 키도 덩치도 컸지요. 그랬기에 엄마 옆에서 떨어지기 힘들어한다는 걸 엄마도 아이도 쑥스러워하는 것처럼 느껴졌습니다. 다행히 수업이 끝나고 엄마들을 대상으로 한 짧은 브리핑이 이어질 때 수현이는 껌딱지처럼 붙어 있던 엄마 품에서 벗어나 제 발로 그림책학교 공간을 탐색하고 다녔습니다. 엄마는 그 모습이 좋았는지 선생님에게 찡긋 반가운 눈짓을 보냈습니다.

물론 두 번만의 수업으로 엄청난 변화가 있을 거로 생각하지는 않습니다. 하지만 적어도 심리적 독립을 향한 첫발을 떼었다는 생각은 들었습니다. 우리는 언제든 결국 혼자의 힘으로 서야만 합니다. 아이의 마음이 준비됐을 때가 자연스럽고 현명한 분리의 시작점이 되리라 믿습니다.

함께 읽을 아이가 있다면 이야기를 나눠보세요

- 언제 엄마가 너를 안아주면 좋겠어?
- 엄마하고 절대로 떨어지고 싶지 않을 때는 언제일까?

아이의 반응에 민감하게 상호작용해보아요.
예를 들어, 샤워 후 아이의 몸에 로션을 발라주며
눈맞춤을 하는 사소한 루틴은 안정적 애착과
양육자와의 깊은 신뢰를 쌓도록 도와줍니다.

함께 읽어보세요

- 안아 줘! (제즈 앨버로우 글·그림, 웅진닷컴)
- 내 친구 보푸리 (다카하시 노조미 글·그림, 이순영 옮김, 북극곰)

엄마 껌딱지

카롤 피브 글 | 도로테 드 몽프레 그림 | 이주희 옮김 | 한솔수북

엄마의 치마 속에 산다면 얼마나 좋을까? 꼭 붙어 놀고 자고 살아갈 수 있으니. 엄마에게서 떨어질 줄 모르는 아이의 귀여운 상상이 표현된 책입니다. 하지만 누구에게나 심리적 독립을 해야 하는 시기는 찾아오기 마련이지요. 무거운 고민의 주제를 기발하고 사랑스럽게 표현한 책입니다.

Chapter 4

아이의 생각을 키우는 그림책 읽기

아이의 생각을 키우는
그림책 읽기

아이에게 좋은 그림책을 읽어주고 싶나요?

그림책 고르는 안목

너무 오랜 시간 어른의 시각으로 살아왔기 때문일까요. 아이를 위한 그림책을 고르는 것은 어른 책 고르기보다 어렵습니다. 아이들의 눈높이에 맞춰져 있는 책인지, 아이의 관심을 끌 만한 책인지 가늠하기 쉽지 않지요. 저도 그랬습니다.

모든 그림책은 아이들에게 도움이 되는 건강한 책이라 여겼지만 아니었습니다. 좋은 그림책 고르기는 생각보다 어렵더군요. 그림책 전문가와 아동문학 교수님들의 강의를 찾아다닌 끝에 비로소 좋은 작품을 고르는 안목이 생겼습니다.

그림책에 관심을 가진 뒤 처음 접했던 교수님의 수업이 생각납니다. 교수님은 큰 여행 가방 세 개에 그림책을 잔뜩 넣어 수업에 들어와서는 장르와 주제별로 그림책의 특징들을 설명했습니다.

나쁜 그림책은 없습니다. 다만 아이들의 연령에 따라 어울리는 그림책이 있고, 작품의 특징에 따라 접근 방식을 달리해야 하는 경우도 있습니다. 우리가 어린 시절 많이 봤던 백마 탄 왕자님 이야기를 예로 들어볼까요. 요즘의 관점에서 보자면 시대착오적인 내용이라 말할 수 있겠으나 그렇다고 나쁜 그림책이라 부를 이유는 전혀 없습니다. 그림책을 보고 함께 생각을 나누고 사고의 확장을 위해 적절한 '질문'을 던져주면 됩니다. 진취적이고 주도적인 여성의 삶을 담은 작품들까지 같이 보여준다면 금상첨화일 것입니다.

그림책 구입하는 순서

그림책을 고를 때 겪는 가장 큰 어려움은 미리 그림책의 내용을 살펴볼 수 없다는 점입니다. 대형 서점 어린이 코너에 놓여 있는 대부분의 책은 비닐로 포장돼 있습니다. 책의 훼손을 막기 위한 고육지책이겠지만 책 제목과 표지만 보고 선뜻 구매하기에는 분명 한계가 있습니다. 그래서 저는 그림책을 구매하기 전 '그림책박물관'과 '가온빛' 홈페이지를 둘러봅니다. 이곳에는 어디에서도 볼 수 없는 그림책에 대한 정보들이 가득합니다. 연령과 주제, 출판사와 작가별로 일목요연하게 정리가 돼 있고, 주인장의 담백한 글도 그림책 선택에 도움을 줍니다. 결국 많은 그림책을 접해봐야 좋은 책을 고르는 안목이 생길 테니 무척이나 고마운 정보를 제공해주는 셈입니다.

이렇게 그림책에 대한 기본 정보를 얻은 다음에는 중고서점을 찾습니다. 여기서는 자유롭게 책의 내용을 살펴볼 수 있고 부담 없는 가격에 구매도 할 수 있습니다. 수십 권의 그림책을 둘러보다 보면 반드시 새것으로 소장하고 싶은 그림책도 발견하게 됩니다.

그럴 때 비로소 서점을 찾아 새 그림책을 구입합니다. 지금은 그림책 관련 일을 하며 자연스러운 일이 됐지만, 초보 육아맘일 때 원하는 그림책을 한 권 한 권 사 모으는 기쁨은 어느 것과 비교할 수 없이 컸습니다.

이야기를 만들어내는 창작자들에 관심 두기

출판사 SNS도 주목해볼 만합니다. 새로 나온 그림책에 대한 정보를 가장 공들여 전달하는 곳이 바로 이곳일 테니까요.

누구나 알 법한 어린이 그림책 출판사 몇 곳을 팔로우하다 보면 자신도 모르는 사이 꽤 많은 그림책에 대한 정보를 흡수하게 됩니다. 그렇게 익숙한 작가들이 생겨나고, 선호하는 그림책이 확실해져 갑니다. 어느 순간부터는 좋아하는 작가의 인터뷰와 서평도 찾아보게 되고, 비로소 나의 취향이 만들어지더군요.

한번은 후배 아나운서가 선물해준 그림책《엄마는 해녀입니다》를 제 개인 SNS에 소개한 적이 있습니다. 어느 날 이 책을 출판했던 난다출판사의 대표인 김민정 시인에게 연락이 왔습니다. 제가 SNS에 쓴 문구를 그림책박람회에 사용해도 될지 묻더군요. 저는 기쁜 마음으로 당연히 써도 된다는 뜻을 전했습니다. 그런데 그 인연이 참 신기합니다. 남편의 첫 책인《다만 잘 지는 법도 있다는 걸》의 편집자가 난다출판사의 김민정 대표였습니다. SNS를 통한 출판사와의 인연은 이렇게 흥미롭게 이어지기도 합니다.

그림책 행사, 교육 참여해보기

동네 도서관을 활용하는 방법도 추천합니다. 다양한 책은

기본이고 그림책 관련 명사들의 강연, 책으로 연계되는 활동도 무척 잘 준비돼 있습니다. 저 역시 좋아하는 작가의 강의를 듣기 위해 도서관을 찾아다녔고 양질의 교육 프로그램에도 적극적으로 참여합니다. 참가비는 무료이거나 부담 없는 정도고요. 도서관 SNS 정보를 이용하면 가장 빠르게 관련 소식을 받을 수 있습니다. 회원들에게만 제공되는 부모교육, 글짓기 수업, 어린이 토론 등도 있으니 회원 가입을 하면 더 다양한 체험을 할 수 있습니다. 저는 집 근처 걸어갈 수 있는 도서관이 가장 좋은 도서관이라고 생각합니다. 굳이 대형 도서관을 찾을 이유도 너무 거창하게 시작할 필요도 없습니다. 가까운 도서관에서 빽빽하게 들어찬 책 사이를 거닐고, 책 읽는 또래 친구들의 모습을 보는 것부터 자연스럽게 시작하기를 권합니다.

모두가 그림책 전문가가 될 필요는 없습니다. 그래도 이 말은 꼭 하고 싶습니다. 세상에는 멋진 그림책이 정말 많다는 것. 좋은 그림책은 좋은 책과 성질이 같습니다. 펼칠 때마다 숨겨진 장면이 보이고 새로운 해석이 가능합니다. 육아를 하려고 펼쳐 든 그림책에 내가 푹 빠져든 이유이기도 합니다.

그림책 구입 순서

❶ 그림책 정보 파악

그림책 박물관 picturebook-museum.com

아스트리드 린드그렌, 칼데콧, 안데르센 상을 비롯한 세계적인 그림책 수상작, 출판사별 선정작 등을 한눈에 볼 수 있습니다. 주제별, 나라별, 작가별 작품은 물론, 금주의 한국그림책, 금주의 번역그림책 등 신간도 확인할 수 있습니다.

가온빛 gaonbit.kr

일주일에 한 번씩 이메일로 그림책과 그림책 놀이 정보를 제공하는 매거진입니다. 새롭게 출간되는 책들을 소개하고 그림책을 더 잘 활용할 수 있는 방법도 안내해줍니다. 그림책 관련 참고할 만한 사이트들을 묶어 제공하는 서비스도 있습니다.

❷ 그림책 관련 도서 읽기

어린이와 그림책(마쓰이 다다시 지음, 이상금 엮음, 샘터)

그림책과 예술교육(현은자 외 지음, 학지사)

우리 아이, 책날개를 달아주자(김은하 지음, 살림)

공부머리 독서법(최승필 지음, 책구루)

공부머리 만드는 그림책 놀이 일 년 열두 달(박형주·김지연 지음, 다우출판)

❸ 중고서점 방문(+ 구입)

❹ 서점에서 구입

그림책 / 그림 작가 소식 보기

❶ **관심 가는 그림책 출판사 SNS 찾아보기, 팔로우**

❷ **평소 관심 가는 그림 작가 소식 찾아보기, 팔로우**

❸ **해시태그 검색 :** #그림책추천 #그림책서점 #그림책놀이 #인생그림책 #책육아 #그림책큐레이션

적절한 질문은 생각을 하게 만듭니다

엄마표 그림책 수업

지금은 수백 명의 아이를 만나며 그림책학교를 운영하고 있지만 시작은 단순했습니다. 내 아이에게 좋은 책을 양껏 읽히고 싶다는 마음이 그림책을 찾았던 이유의 전부였으니까요. 하지만 좋은 그림책을 많이 접하면서 이걸 다른 이들에게도 알리고 싶다는 욕심이 생겼습니다. 그리고 궁극적으로 '엄마표 국어 수업'을 만들 수도 있겠다는 자신감이 생겼고, 운 좋게도 몇 년 후, 그림책학교를 운영하게 됐습니다.

몇 년간 언어영역에서 수능의 변별이 가려졌다는 이유로 최근에 국어 수업에 대한 관심이 높아지고 있습니다. 하지만 오직 대학 입시를 위해 유아들까지 사교육 시장으로 내모는 지금의 모습에서는 안타까움을 많이 느낍니다. 애TV 그림책 학교에서도 5~7세 아이들을 대상으로 수업을 진행합니다. 저희도 좋은 수업을 위해 최선을 다하지만, 가장 좋은 그림책 선생님은 세상의 모든 엄마입니다. 어렵게 생각할 필요 없습니다. 몇 가지 방법만 제대로 익히면 모든 부모가 그림책 수업을 진행할 수 있으니까요. 그림책학교를 운영하며 제가 깨달은 '엄마표 국어 수업'의 몇 가지 원칙을 공개합니다.

1. 아이에게 흥미로운 책부터 권하자

누군가에게 추천받은 책이라고 해서 우리 아이가 흥미를 느낀다는 보장은 없습니다. 아이의 관심사가 반영된 책인지, 아이 수준에 적합한지 등을 면밀히 점검해봐야 합니다. 반드시 기억해야 할 것은 가장 좋은 책은 필독 리스트에 오른 책이 아니라 아이가 자주 고르는 책이라는 사실입니다. 수준에 맞지 않는 어려운 책을 읽히고 싶은 것은 부모의 욕심일 뿐입니다. 아이가 원하는 책을 읽어줄 때 비로소 엄마표 수업, 가정에서의 그림책 수업이 시작됩니다.

2. 부모가 먼저 읽어두자

아이와 그림책 수업을 하기 전 반드시 부모가 먼저 책을 읽어봐야 합니다. 아이의 연령과 수준에서 이해하기 쉽지 않은 어휘를 미리 살펴보고 쉬운 단어로 바꿔줘야 독서 리듬이 깨지지 않습니다. 어려운 단어들이 반복적으로 나오면 아이의 독해 능력은 떨어질 수밖에 없고, 그것은 책에 대한 부정적인 이미지를 심어주게 됩니다. 아이의 수준에 맞게 읽어주다 보면 어느 날 아이는 책 원문에 있는 단어까지도 온전히 받아들이게 됩니다. 그렇게 아이들은 낯선 어휘도 자신의 것으로 만들어가게 됩니다. 부모의 선행독서가 아이의 어휘력, 문해력을 높이는 지름길인 셈입니다.

3. 표지를 적극적으로 활용하자

그림책의 표지는 많은 메시지를 담고 있습니다. 제목은 글자를 넘어 그림으로서의 의미를 담고 있는 '아이코노텍스트 iconotext'를 통해 책의 분위기를 파악할 수 있도록 디자인되었고, 큼지막하게 그려진 그림은 대략적인 줄거리를 상상하게 도와줍니다. 어찌 보면 표지야말로 아이를 그림책에 빠져들게 할 수 있는 가장 효과적인 도구라 할 수 있습니다.

책을 골랐다면 먼저 표지를 보고 아이와 서로의 느낌을 나눠봅니다. 거창한 답변이 나오지 않아도 괜찮습니다. “귀엽다”, “무섭다” 정도라도 귀 기울여 들어주고 책의 내용을 함께 상상해봅니다. 이렇게 본문을 읽기 전 표지를 통한 충분한 워밍업은 책에 대한 기대를 높이고 몰입의 기회를 제공합니다.

4. 좋은 질문을 준비하라

아이와 엄마가 함께 책을 읽는 것만으로도 이미 엄마표 그림책 수업의 절반은 성공이지만 조금 더 욕심을 내볼 수도 있습니다. 아이에게 던질 ‘질문거리’를 미리 준비해두는 겁니다. 아이의 흥미를 이끌어내기 위한 질문이 있을 테고, 책의 내용을 잘 숙지했는지 확인하는 질문도 있을 겁니다. 또 그림책을 본 뒤 자신의 생각을 얘기해보는 ‘열린 질문’도 중요한 역할을 합니다.

저의 첫 질문은 보통 표지에서 시작됩니다. 함께 책표지를 본 뒤에 “지금 여기서 어떤 일이 일어나고 있는 것 같아?”, “왜 제목이 ‘거짓말’일까?”, “이 친구들이 뭘 하고 있는 걸까?” 같은 질문을 던져주는 거죠.

아이들의 답변은 크게 중요하지 않습니다. 아무 이야기나 해도 좋다는 환영의 분위기를 만들어주면 됩니다. “그 생각도 맞는 것 같아. 또 다른 생각 있니?” 맞장구쳐주며 아이가 반응하고 표현하도록 도와주면 충분합니다.

본격적으로 책 읽기가 시작되면 질문은 더 많아집니다. 일단 아이들의 상상력을 키워주는 질문이 반드시 필요합니다. “(책 읽기를 멈추고)자, 이제부터는 어떤 일이 일어날까?”와 같은 질문들이죠.

자유로운 분위기 속에 주고받는 이런 문답을 통해 아이들의 상상력이 향상됩니다. 답이 명확하게 정해져 있는 질문을 너무 남발할 필요는 없습니다. 혹여 답이 틀리지 않을까 라는 걱정에 아이들이 말하기를 회피할 수 있기 때문이죠. “애벌레는 왜 배가 아팠지?”, “커다란 빵은 어쩌다가 이렇게 작아졌을까?” 이런 질문들은 답이 정해져 있는 질문이라 할 수 있습니다. 이처럼 이제까지 읽은 내용을 확인하는 질문들은 책 읽기를 마무리하는 시점에 던져주는 게 효과적입니다.

책을 다 읽은 후에는 조금 더 적극적으로 질문을 던져주는 게 좋습니다. “너라면 이 책의 제목을 무엇으로 지었을 것 같아?”, “작가가 이 책에서 말하고 싶었던 건 뭘까?”와 같은 질문들이 적당한데요, 이런 질문들을 통해 아이들은 작가의 관점에서 책을 돌아보게 됩니다.

책을 보며 질문을 주고받는 이유는 결국 나의 경험을 연결 짓기 위함입니다. 질문과 대답을 통해 아이는 그림책을 좀 더 오래 기억할 것이고 자연스럽게 생각하는 훈련을 해나갈 수 있을 것입니다.

어떤가요? 엄마표 그림책 수업, 생각만큼 어렵지는 않죠? 어찌 보면 참 간단합니다. 우리 아이에게 맞는 좋은 책을 고르고, 미리 읽은 뒤, 좋은 질문을 던져주면 됩니다. 여기서 얻을 수 있는 이득은 생각 외로 큽니다.

엄마와 아이가 침대에 나란히 누워 함께 책을 읽고 스킨십을 나눌 수 있는 시간은 고작해야 6~7년에 불과합니다. 귀찮고 번거로울 수도 있지만, 이 짧은 시간이라도 꾸준히 함께해 나간다면 아이에게 부모의 사랑을 마음껏 표출할 수 있습니다. 아이 입장에서도 어린 시절 엄마 아빠와 함께 읽은 그림책은 평화롭고 따뜻한 기억으로 남을 것입니다.

당장 오늘부터라도 엄마표·아빠표 그림책 수업을 시작해 보시길 추천합니다.

충분히 읽다 보면 결국 쓰고, 말하게 될 거예요

책 읽기를 통해 덤으로 얻는 말하기, 글쓰기 능력

대학 입학과 동시에 아나운서 시험 준비를 시작한 덕에 20대 초반이라는 비교적 어린 나이에 언론사에 입사할 수 있었습니다. 이때 여러 방면으로 준비를 했습니다. 매일 뉴스를 보며 시사 문제를 챙겼고 한국어 능력시험과 작문, 논술, 거기에 면접 준비도 게을리하지 않았습니다. 당시에는 그 많은 준비를 해야 하는 이유를 궁금해하기보단 그저 입사하는 데 필요하니까 열심히 했습니다. 아나운서 경력 15년 차인 이제야 비로소 왜 회사가 그런 능력들을 요구했는지 어렴풋이 알 것도 같습니다.

그림책학교를 운영하는 저에게 왜 '말하기 수업'을 진행하지 않냐고 묻는 분들이 많습니다. 아나운서 경험을 바탕으로 수업을 진행하면 많은 이들이 좋아하지 않겠냐는 생각입니다. 하지만 저는 그림책학교에 다니는 5~7세의 아이들에게 '말하기 수업'은 아직 이르다고 판단합니다. 그럴듯해 보이는 말하기가 아니라 정말로 좋은 말하기를 하려면 꽤나 오랜 시간과 훈련이 필요하기 때문입니다. 충분히 읽고, 읽은 내용을 생각하고, 또 글로 정리하는 훈련이 어느 정도 돼야 비로소 말하기 수업이 효과가 있다고 생각하거든요.

읽기는 어휘와 표현을 저장하는 과정

우리는 읽기를 통해 다양한 어휘와 표현을 익히고 지식을 얻습니다.

보통은 책을 읽으며 생각을 하게 되지요. 상황 속에 나를 이입하고 타인을 이해하며 태도와 윤리를 갖춰 나갑니다. 대단히 철학적인 책을 봐야 이런 작용들이 이뤄지는 건 아닙니다. 아이들이 보는 그림책만 봐도 이런 복합적인 작용들이 자연스럽게 일어납니다.

이렇게 생각들이 쌓이면 어느 순간에는 내 생각을 정리해

보고 싶다는 욕망이 들게 될 겁니다. 머릿속에 떠다니는 생각들의 자리를 정해주고 논리적으로 배열해보는 것이지요. 그게 일기가 될 수도 있고 시가 될 수도 있고 산문이 될 수도 있습니다. 이렇게 읽고, 생각하고, 쓰는 훈련이 선행되어야 우리는 비로소 괜찮은 말하기를 할 수 있습니다. 생각이 없는 말하기란 아무 의미 없는, 허무하게 느껴지는 소리에 불과할 테니까요.

읽기부터 말하기, 쓰기로 이어가는 방법

그래서 일단은 읽기가 중요합니다. 다행인 것은 가장 중요한 '읽기' 훈련은 어느 부모든 어렵지 않게 시작해볼 수 있다는 것입니다.

그럼 우리 아이에게 읽는 습관을 만들어주기 위한 방법들을 얘기해 볼게요.

먼저 독서 시간을 정한 뒤 반드시 지키는 게 제일 중요합니다. 자기 전 10분도 좋고 20분도 좋습니다. 어쨌든 하루에 한 번은 읽는다는 사실을 아이들이 인지하는 게 습관을 만드는 데 도움이 됩니다.

다음으로 아이의 질문에 성실하게 답해주어야 합니다. 어려울 경우 인터넷을 검색하며 함께 답을 찾아봐도 무방합니다.

닫힌 질문보다는 열린 질문을 통해 책 내용에 대한 대화를 많이 나누면 효과는 더욱 커지게 됩니다.

책을 읽은 뒤에는 '키워드'를 찾아보고, 그걸 노트에 기록하는 습관을 들이면 좋습니다.(아이가 가장 좋아하는 노트나 스케치북을 이 용도로 사용해보세요.) 굳이 단어가 아니어도 괜찮습니다. 장면에 대한 설명이어도 되고 감상이어도 좋습니다. 글을 쓸 수 있는 아이는 글로, 아직 글을 쓰지 못하는 미취학 아이와는 그림으로 장면을 표현하고, 책에서 본 키워드, 단어 하나를 그림 그리듯이 써넣어도 됩니다. 이는 긴 설명을 축약하되 알맹이를 담는 연습이라 할 수 있습니다.

머지않아 작가의 의도를 상징과 비유까지 곁들여 문장으로 완성하는 날이 올 겁니다.

아이에게 책을 읽어달라 청해보는 것도 좋은 방법입니다. 이 방법은 말은 잘하지만 아직 글자를 모르는 시기에도 할 수 있습니다. 부모가 읽어주던 책의 내용을 기억했다가 진짜 읽는 것처럼 말하는 모습을 자주 볼 수 있을 거예요. 그러다가 조금 더 커서 자기 생각을 문장으로 말할 수 있는 6~7세가 되면 읽어주는 것에서 나아가, 책의 내용을 알려달라고 요청해보세요. 신이 나서 엄마, 아빠에게 자기가 알고 있는 책 이야기를 풀어놓는 거예요. 물론 부모가 듣기에 옆으로 새기도 하고, 전체 이야기가 어떻게 되는지는 모르고 특정 상황, 사소한 내용

에 대한 묘사만 시간을 들여 하는 아이도 있을 겁니다. 그럴 때 부모님이 슬쩍 주요 주제, 줄거리에 다가가는 질문을 던져보는 것도 생각을 논리적으로 정리하는 데 도움이 될 수 있습니다. 이때 부모님은 아이가 책 내용을 소화하는지 점검하는 선생님 역할이 아니라 아이가 책을 읽었고, 그것에 대해 신나게 부모에게 알려주고 싶도록 호응해주는 조력자가 되어야 합니다. 완벽하지 않아도 괜찮고 책 내용과 다른 이야기를 해도 문제없습니다. 이 모든 시간이 쌓여 아이들의 읽고, 생각하고, 쓰고, 말하는 능력들은 발전되고 있을 테니까요.

말하기 능력은 무척 중요합니다. 사람간의 관계를 결정짓는 요소이기도 하고 유능과 무능의 경계를 나눠버리기도 합니다. 그래서 많은 회사에서 필기시험과 논술시험을 거친 뒤 최종적으로 면접시험을 보는 걸지도 모르겠습니다. 하지만 너무 한꺼번에 다 가르치려 조급해하지 않아도 괜찮습니다. 오늘 우리 아이들과 같이 읽는 그림책 한 권이 전해줄 마법을 믿고 그저 꾸준히 함께 읽으면 꽤나 많은 부분들이 자연스럽게 해결되리라 믿으셔도 좋습니다.

지금 내 아이에게
필요한 그림책을 찾고 있나요?

주제별 그림책 추천

그림책학교를 운영한 지 어느덧 3년째입니다. 그림책학교를 운영하다 보면 다른 이들보다 3개월 먼저 사는 나를 발견하게 되는데, 봄에는 여름에 있을 수업 걱정이 한가득하고 여름이 되면 가을 겨울 수업을 걱정하고 있습니다.

이런 흐름이 이제는 슬슬 몸에 익숙해졌습니다. 수많은 그림책을 습관적으로 살피다 보니 이제는 아이들이 어떤 책에 더 호응해줄지 조금은 알 것도 같습니다. 그간 그림책학교 수업을 들은 아이들과 함께 나누었던 책들을 주제별로 정리해봤습니다. 아이와 그림책을 읽을 때 조금이라도 도움이 되기를 바랍니다.

감정 수업 그림책

감정은 그림책 수업에 있어서 결코 빼놓을 수 없는 주제입니다. 말로 설명할 수 없는 개인의 섬세한 기분을 가장 직관적으로 풀어낼 수 있는 매체가 그림책이라고 생각합니다. 다른 사람의 불편함을 헤아릴 수 있는 마음, 내 마음에 대한 건강한 자각, 망설임 없이 내 감정을 표현할 수 있는 훈련과 용기를 그림책을 통해 얻을 수 있습니다.

모두 다 싫어

나오미 다니스 글, 신타 아리바스 그림, 김세실 옮김(후즈갓마이테일)

모든 아이들이 품고 있는 복잡한 마음을 표현했다. 좋지만 싫고, 사랑하지만 밉고, 원하지만 원하지 않고, 하고 싶지만 하기 싫은 양가감정 말이다. 어른이라고 크게 다르지 않다. 이 책을 넘기며 피식 웃음이 나는 것은 우리 역시 일상에서 비슷한 감정을 느끼기 때문이다. 너의 복잡한 마음은 사실 아무런 문제가 없다는 걸 알려주는 것만으로도 부모와 아이의 관계는 한결 성숙해질 수 있을 것이다.

불 뿜는 용

라이마 글·그림, 김금령 옮김(천개의바람)

모기 한 마리가 버럭이를 물었다. 모기에 물린 뒤 버럭이는 화를 조절하지 못하고 불을 뿜는 증상을 보이기 시작한다. 내가 왜 이렇게 됐을까? 속상한 버럭이는 엉엉 울어버리고 만다. 이 그림책은 '화'라는 감정을 자연스럽게 돌아보게 도와준다. 세상에 나쁜 감정은 없다. 그저 다른 이에게 해가 되지 않도록 내 감정을 잘 조절하는 법을 배우면 될 일이다. 불 뿜는 용의 과장된 표현이 흥미롭게 표현된 그림책. 아이들은 용을 보는 재미에 빠져 몇 번이고 이 책을 다시 읽을 것이다.

내 마음은

코리나 루켄 글·그림, 김세실 옮김(나는별)

이 그림책은 수시로 달라지는 우리 마음의 다양한 모습을 담고 있다. 우리 마음은 수시로 변하기 마련인데 중요한 건 내가 내 마음을 제대로 인지하고 있는가이다. 어른 아이 할 것 없이 내 마음을 들여다보는 데는 반드시 훈련이 필요하다. 말하거나 그림을 그리며 감정을 구체화해 보는 일도 마음을 들여다보는 데 도움이 된다. 아이뿐 아니라 어른들에게도 추천하고 싶은 그림책이다.

아기 구름 울보

김세실 글, 노석미 그림(사계절)

감정을 억제하라는 말은 잠시나마 네 감정을 모른 척하라는 말과도 같다. 따라서 아이들에게 흔히 하는 말, "뚝! 그만 울어!"는 스스로의 마음을 모른 척하라는 어른들의 압박이기도 하다. 우리는 스스로의 감정을 억제할 수 있어야 성숙한 사람이라 말하곤 하는데 아이들에게 같은 기준을 적용해서는 곤란하다. 아이들이라면 마땅히 마음껏 울고 웃어야 한다. 이 책은 내 안의 감정을 모른 척했을 때 우리의 몸과 마음이 얼마나 황폐해지는지를 잘 알려준다. 눈물은 아픈 속을 달래는 최고의 약이다.

왈왈이와 얄미

방정화 글·그림(베틀북)

강아지 왈왈이와 고양이 얄미는 서로를 좋아하는 사이다. 하지만 이제껏 다른 삶을 살아왔기에 서로에 대한 오해가 점점 쌓이게 된다. 누군가를 좋아하는 일은 반갑고 멋진 일이지만 서로의 특성을 존중해야만 비로소 좋은 관계를 만들어갈 수 있다고 이 책은 알려준다. 상대의 마음이 늘 내 마음과 같을 수는 없지만 대화하고 서로를 존중하다 보면 비로소 진심에 가닿을 수 있을 것이다.

건강한 어울림과 사회정서를 키우는 책

우리 아이가 친구들과 잘 어울릴 수 있을까. 부모라면 누구나 해봤을 법한 고민입니다. 아이들이 관계를 맺기 어려워하는 데는 여러 이유가 있을 겁니다. 지나치게 소극적이거나 공격적일 때, 혹은 공감 능력이 떨어질 때 아이들은 관계 맺기를 어려워합니다. 이 그림책을 통해 나와 너와 우리의 관계를 적절히 인지한다면 우리 아이들은 주변과 무리 없이 어울리며 한껏 성장해나갈 수 있을 것입니다.

요술쟁이 젤리 할머니

크리스텔 발라 글, 스테파니 오귀소 그림, 정미애 옮김(다림)

남녀노소 구분하지 않고 모두의 고민을 들어주는 젤리 할머니는 푸근하고 따뜻한 분이다. 현대 사회에서라면 심리상담사의 역할을 무척 잘 해냈을 인물이다. 사실 할머니는 다른 이의 심각한 고민을 멀쩡한 행복으로 바꿔주는 요술쟁이였다. 고민으로 힘들어하는 친구들이 있다면 응당 젤리 할머니를 찾아갈 일이다. 모든 고민이 행복으로 변할 테니까. 세상에 해결하지 못할 걱정은 없다는 걸 알려주는 고마운 그림책이다.

린 할머니의 복숭아나무

탕무니우 글·그림, 조윤진 옮김(보림)

소박하게 살아가는 린 할머니는 집 앞 복숭아나무를 정성스럽게 가꾼다. 정성을 들인 만큼 나무에는 가득 열매가 열렸다. 다람쥐, 염소, 호랑이. 온갖 동물들이 할머니의 열매를 먹기 위해 찾아온다. 할머니는 아낌없이 열매를 내어준다. 조건 없는 나눔이 얼마나 큰 행복을 낳는지 그리고 세상을 아름답게 물들이는지 잘 보여주는 그림책이다. 분홍빛으로 물든 그림책의 표지부터 달콤한 향기가 느껴진다.

로쿠베, 조금만 기다려

하이타니 겐지로 글, 초 신타 그림, 햇살과나무꾼 옮김(양철북)

강아지 로쿠베가 구덩이에 빠졌다. 이를 발견한 어린이들이 어른들을 찾아가 도움을 요청하지만 어른들은 이런저런 핑계를 대며 구조에 나서지 않는다. 바쁘기도 하고 핑계도 많다. 결국 다섯 명의 아이가 힘을 합해 구덩이에 빠진 강아지 로쿠베를 구한다. 생명을 소중하게 여기는 아이들과 자신의 이해관계에 따라서만 움직이는 어른들의 모습이 대비된다. 군더더기 없는 그림이 아이들의 감정을 더욱 선명하게 전해준다.

하나라도 백 개인 사과

이노우에 마사지 글·그림, 정미영 옮김(문학동네어린이)

과일 가게에 사과가 놓여 있다. 사과는 하나인데 이를 바라보는 사람들은 저마다 다른 생각을 한다. 셰프에게는 사과는 요리의 재료고, 화가에게는 그려야 할 대상이며, 농부에게는 노력의 결실이다. 그림책은 자기중심적 사고가 강한 아이들에게 세상에는 다양한 관점이 있음을 알려준다. 이 책을 보고 우리 아이들이 어떤 관점이든 존중받아야 마땅하다는 걸 배웠으면 좋겠다.

눈을 감아 보렴!

빅토리아 페레스 에스크리바 글, 클라우디아 라누치 그림, 조수진 옮김(한울림스페셜)

시각장애인인 형과 동생이 바라보는 세상은 너무 다르다. 동생이 보기엔 그저 나무일 뿐인데 형은 나무가 아닌 것처럼 나무를 묘사한다. 시각만이 아닌 촉감과 후각과 공감각을 모두 이용해 나무를 묘사하기 때문이다. 동생은 자기가 알고 있는 것이 결코 모든 것이 아님을 깨닫는다. 제대로 냄새 맡고, 만져보고, 들어보려 노력한다면 우리가 알던 익숙한 세상도 마땅히 달라 보일 것이다.

보이거나 안 보이거나

요시타케 신스케 글·그림, 고향옥 옮김, 이토 아사 감수(토토북)

지구를 떠나 여러 별을 둘러본 우주비행사는 당혹스럽다. 지구에서 당연하게 여겼던 여러 기준이 우주에서는 너무도 달랐기 때문이다. 눈이 세 개인 생명체는 눈이 둘밖에 없는 우주 조종사를 가엾게 여긴다. 충분히 살피지 못해 안됐다는 거다. 이 책은 우리가 알고 있는 정상과 비정상의 경계가 얼마나 허술한 것인지를 잘 보여준다. 아이들이 이 책을 보며 장애와 비장애에 대한 성숙한 개념을 갖게 되길 바란다.

꿈에서 맛본 똥파리

백희나 글·그림(책읽는곰)

큰오빠 개구리는 하루 종일 파리를 잡아 동생들을 먹인다. 파리를 잡느라 녹초가 되곤 하지만 행복하게 먹는 동생들의 모습에 오빠 역시 행복하다. 종일 동생들의 기대에 부응하느라 쫄쫄 굶고 희생하는 개구리를 작가는 대견하게 바라본다. 큰오빠라고 해야 여전히 어린 개구리가 아닌가. 동생이 있는 형 누나와 함께 읽어보면 좋을 그림책이다.

책 읽기의 즐거움을 알려주는 책

그림책 읽기는 지루한 학습이 아닌 재미있는 놀이가 될 수 있습니다. 부모가 책 읽기를 강요하지 않는다면 책 읽기가 놀이가 될 확률은 더욱 커집니다. 학습이 아닌 놀이가 된다면 아이와 부모 모두 즐겁게 책 읽기에 몰입할 수 있을 겁니다. 아이들이 쉽게 재미를 느낄 만한 그림책을 추천합니다.

곰보다 힘센 책

헬메 하이네 글·그림, 김영진 옮김(미디어창비)

곰은 자신이 세상에서 가장 힘이 세다고 믿고 있다. 모두 그런 곰을 피해 도망가기 바쁘지만, 책을 즐기는 소녀 난디는 달랐다. 아무리 힘센 곰이라도 절대로 책을 이길 수 없다는 걸 알고 있기 때문이다. 난디 덕분에 독서의 즐거움을 알게 된 곰은 비로소 세상과 소통하고 책 읽기의 즐거움을 만끽하게 된다. 곰을 보며 우리 아이들 역시 책의 매력에 흠뻑 빠지고 싶어질 것이다.

이 작은 책을 펼쳐 봐

제시 클라우스마이어 글, 이수지 그림, 이상희 옮김(비룡소)

책장을 넘길 때마다 책 속 주인공이 책으로 들어가는 독특

한 형식의 그림책이다. 책장을 펼칠 때마다 점점 더 작은 책들이 등장하고 그 속으로 여행을 떠나는 기발한 상상력이 아이들의 시선을 사로잡는다. 책이 이렇게나 흥미로울 수 있다는 걸 알려주는 책. 세계적인 그림책 작가 이수지와 미국의 제시 클라우스마이어가 함께 만든 작품이다.

수잔네의 4미터 그림책 봄/여름/가을/겨울/밤

로트라우트 수잔네 베르너 글·그림, 윤혜정 옮김(보림)

봄, 여름, 가을, 겨울 그리고 밤. 이렇게 다섯 권으로 구성된 4미터 높이의 거대한 그림책이다. 똑같은 마을인데 그 풍경이 책마다 모두 다르게 표현된다. 작가는 각 계절의 특징을 섬세하게 관찰해 그림으로 표현했다. 다섯 권의 그림책을 펼치고 같은 점과 다른 점을 찾아볼 수도 있다. 글 없는 그림책이 큰 감동을 전해줄 수 있음을 알게 된다.

책 읽어주는 고릴라

김주현 글·그림(보림)

그 어떤 장난감이나 간식보다 책 읽기를 좋아하는 고릴라가 등장한다. 고릴라는 이렇게 재미있는 책을 읽지 못하는 사람들이 안쓰러워 이웃을 직접 찾아다니며 책을 읽어준다. 재미있는 책 속에 몰입해 웃음을 자아내는 고릴라의 모습에 아이들은 배를 잡고 웃는다. 사랑스럽고 유머러스하게 표현된 고릴라가 친근하고 귀엽다.

리본

아드리앵 파를랑주 글·그림, 박선주 옮김(보림)

갈피끈 하나로 어디에도 없는 멋진 그림책이 완성된다. 누구도 관심 두지 않았던 끈이 독자의 상상을 만나 탄성을 자아낼 만큼 기발한 결과물을 만들어낸다. 노란 끈은 뱀의 혀가 되기도, 주전자의 물줄기가 되기도 한다. 기발하고 창의적인 이 작품이 그림책이라는 게 너무도 반갑다.

자연을 만끽하는 그림책

여행을 자주 가고 싶지만, 현실적으로 어려움이 있습니다. 하지만 어렵게 생각할 필요는 없습니다. 차를 타고 가까운 자연으로만 나가도 사계절의 아름다움을 느끼기에는 충분합니다. 뜨거운 태양을 느끼고, 생명의 꿈틀거림을 가까이서 바라보고, 매 계절의 아름다움에 취해보는 건 우리 생에 가장 즐거운 일임이 분명합니다. 다행인 것은 그림책을 보면서도 이런 종류의 기쁨을 경험해볼 수 있다는 것입니다.

나오니까 좋다

김중석 글·그림(사계절)

고슴도치와 고릴라는 가까운 친구이지만 늘 티격태격 다투곤 한다. 함께 좋은 시간을 갖기 위해 캠핑을 나와서도 아웅다웅하기는 마찬가지였지만 반짝이는 밤하늘과 고요한 숲속을 바라보며 둘은 처음으로 행복을 느낀다. 무엇을 하지 않아도 '참 좋다'고 느끼는 상쾌함. 이는 오로지 자연에서만 받을 수 있는 선물임이 분명하다. 굳이 멀리 여행을 가지 않아도 된다. 집 근처 공원이나 나무 그늘에만 앉아 있어도 자연은 평안을 선사한다. 그것도 어렵다면 이 책을 읽어보길 권한다.

나의 여름

신혜원 글·그림(보림)

생소한 자연의 생물들이 작가의 세밀한 글과 그림 안에서 무리 없이 녹아드는 그림책이다. 어릴 적 아빠 손을 잡고 거닐었던 휴가지의 여름밤 풍경이 자연스럽게 떠오르기도 한다. 여름을 그다지 좋아하지 않지만, 이 책의 마지막 장면을 보면 내가 몰랐던 여름이라는 계절의 매력을 충분히 느낄 수 있다. 책의 언어는 따뜻하고 색채감은 뛰어나다.

아빠, 나한테 물어봐

버나드 와버 글, 이수지 그림·옮김(비룡소)

단풍이 곱게 물든 공원에서 딸이 아빠에게 묻는다. “아빠 내가 좋아하는 게 뭔지 물어봐 줘.” 아빠의 질문에 딸이 대답한다. 그리고 둘은 끊임없이 묻고 답하며 대화를 이어간다. 아이와의 대화가 어려운 부모에게는 대화의 기법을 알려주는 그림책이 되기도 하겠다. 작은 관심을 갖고 아이에게 건넨 질문만으로 둘 사이의 대화는 생각보다 어렵지 않음을 알려줄 테니 말이다.

낙엽이 후두둑 떨어지는 가을의 붉은 풍경과 행복한 부녀의 모습은 눈물겹게 아름답다.

월든

헨리 데이비드 소로 글, 지오반니 만나 그림, 정회성 옮김(길벗어린이)

미국의 철학자이자 수필가인 데이비드 소로의 삶과 경험을 기록한《월든》의 주요 장면에 그림을 덧붙여 만든 그림책이다. 문명사회를 떠나 호숫가에 집을 짓고 소박하게 살아간 작가, 문명을 떠나 자연으로 향한 작가 데이비드 소로의 인간적인 삶이 우리를 두근거리게 만든다. 작가처럼 훌쩍 떠나지는 못해도 소유와 행복의 상관관계를 진지하게 성찰하게 된다.

대단한 참외씨

임수정 글, 전미화 그림(한울림 어린이)

아이들은 작고 사소한 것에도 호기심을 갖는다. 어른들에게는 아무 의미 없는 과일 씨앗 하나에도 아이들은 흥미를 느끼곤 한다. 참외를 통해 세상에 나온 씨앗. 참외 씨앗은 자신의 바람대로 다시 흙으로 들어가 뿌리를 내리고 싹을 틔운다. 수많은 고비를 거쳐 다시 탐스러운 참외로 탄생한 씨앗. 그림책은 씨앗의 일생을 통해 자연의 신비와 순환을 이야기한다.

놓치기엔 너무 아쉬운 그림책

아빠 해마 이야기

에릭 칼 글·그림, 김세실 옮김(더큰)

알을 품어 생명을 탄생시키는 '아빠 해마'를 통해 생명의 신비와 귀함을 담고 있는 그림책이다. 부모 품에서만 머무르려는 아이를 온존한 사회 구성원으로 자립시키는 게 아빠 해마의 궁극적인 목표다. 너무 당연한 얘기 같지만 우리가 종종 망각하는 부분이기도 하다. 필름지의 효과적인 사용으로 그림책에는 생동감이 넘쳐난다. 오랫동안 전 세계 어린이들에게 사랑받아온 에릭 칼의 작품이다.

방귓 아기씨

윤지회 글·그림(사계절)

완벽한 엄마가 되기 위해 너무 큰 부담을 안고 있는 우리 엄마들에게 꼭 추천하고픈 그림책이다. 좋은 양육자가 되고픈 마음은 때때로 과도한 책임감을 부여한다. 육아와 관련된 수많은 정보, 다른 아이와의 비교, 경쟁에서 뒤처지면 안 된다는 조급함. 그래서 엄마들의 얼굴은 자주 경직되곤 한다. 이 책은 너무 그러지 않아도 괜찮다고 엄마들을 위로해준다.

곰씨의 의자

노인경 글·그림(문학동네)

지나가는 토끼에게 좀 쉬고 가라며 의자를 내어 준다. 분명 친절을 베풀었는데 돌아오는 건 과도한 요구들뿐이다. 주인공 곰씨는 이 상황이 곤란하기만 하다. "불편해." "곤란해." 우리 삶에 정중한 거절이 필요하다는 이야기를 전해주는 그림책이다. 내 마음이 불편하다면 제대로 된 마음을 나누기 어렵기 때문이다.

인생은 지금

다비드 칼리 글, 세실리아 페리 그림, 정원정·박서영 옮김(오후의소묘)

은퇴한 할아버지는 무엇이든 새롭게 배우고 경험하고 싶다.

'인생은 지금'이 할아버지의 철학인 셈이다. 할머니는 좀 다르다. 할머니는 할아버지의 적극적인 제안에 늘 한발 먼저 빼며 오늘 일을 내일로 미룬다. 작가는 늘 머뭇거리곤 하는 우리에게 말한다. "인생은 쌓인 설거지가 아니라고. 지금도 흘러가고 있다고." 아름다운 그림이 인상적인 책이다.

가드를 올리고

고정순 글·그림(만만한책방)

책을 펼치면 빨간 주먹과 검은 주먹이 클로즈업된다. 주먹을 맞고 쓰러진 우리. 하지만 겨우 다시 일어선다. 삶은 고통으로 이뤄져 있다. 피할 수 없고 방법은 다시 비틀거리며 일어서는 것뿐이다. 피하지 않고 직시하는 것. 링 밖을 떠나지 않는 것. 그것이 살아있다는 증명일 것이다.

흔들린다

함민복 지음, 한성옥 그림(작가정신)

함민복 시인의 시와 한성옥 작가의 그림이 만났다. 시와 그림이 만나 조용한 여백으로 우리를 위로해준다. 사는 게 힘들고 지친 어른들에게 이 책 한 권을 선물하고 싶다. 어린이에게 읽어주기는 어렵겠지만 흔들리는 어른들 모두가 이 책을 읽었으면 좋겠다.